KB117771

다시 태어나도 엄마 딸

SAYONARA, TANAKA-SAN

by Rurika SUZUKI

©2018 Rurika SUZUKI

All rights reserved.

Original Japanese edition published by SHOGAKUKAN.

Korean translation rights arranged with SHOGAKUKAN.

through THE SAKAI AGENCY and BC Agency.

다시 태어나도 엄마 딸

스즈키 루리카 지음, 이소담 옮김

다산
책방

행복은 목욕물과 같이 따뜻한 곳에서 나오는 것은 아니다.
행복을 결정하는 것은 언제나 자신의 마음이다. 눈앞에 있는 작은 행복을
행복으로 받아들이는 풍요로운 마음가짐이 중요하다.
가난하고, 고민도 끊이지 않지만, 행복한 두 모녀. 그런 모녀의 모습을
그리는 중학생 작가를 천재라고밖에 형용할 방법이 없다.
새로운 세대의 생생한 필치를 당신도 꼭 만나보기 바란다.
그 재능에 당신도 틀림없이 압도당할 것이다.

— 문예지 『다빈치』

『다시 태어나도 엄마 딸』은 "희망이 느껴지는 소설이 되면 좋겠다는
마음으로 썼다"라는 저자의 소망대로 완성되었다. 그런데 왜 '희망'일까.
저자가 할아버지에게서 들은 "어떤 경우에도 길은 있다.
아무리 절망적인 상황이라도 빛은 있다"라는 말을 마음에
새겨두었기 때문이다. 이번 작품의 클라이맥스에 등장하는
"죽고 싶을 만큼 슬픈 일이 생기면 일단 밥을 먹으렴"이라는
문장 역시 할아버지가 전해준 말이다. (…)
책이라는 세계에서 발견한 칼날같이 번뜩이는
새로운 재능을 당신도 느껴보길 바란다.

— 『아사히 신문』

작가라는 일에 나이는 상관없다. 얼마나 매력적인 이야기를
쓰는지가 전부다. 이 책이 증명해주었다.
소름이 끼칠 것 같은 재능이다.
— 아사노 아쓰코(『배터리』 저자)

쓴 사람의 나이 따위 상관없다. 재미있는 것은 재미있다.
특정 세대에게만 보이는 것을 매우 정교하게 표현했다.
유머 감각에도 감탄했다. 읽을 수 있어서 좋았다.
— 미치오 슈스케(『해바라기가 피지 않는 여름』, 『투명 카멜레온』 저자)

여기 이 사람은 성숙한 중학생이 아니라
작가의 눈을 지닌 한 명의 표현자다.
— 이시다 이라(『1파운드의 슬픔』 저자)

그야말로 대단하다. 우리가 같은 시대에
스즈키 루리카라는 작가를 얻은 것. 이것은 사건이자
행복이며 큰 희망이다.
— 다와라 마치(가수)

중학교 2학년생이 나를 울렸다! 아들 때문에 운 적도 없는데.
— 미무라 마사카즈(방송인)

만약 내 아이가 이 책을 썼다면 나는 울어버렸을 것이다.
엄마에게 사랑받고 또 사랑하며, 아이의 세계는 빛날 것이다.
ㅡ독자평

어른이 되어버린 일을 후회했다. 이 작가와 같은 눈높이에서
세상을 보았더라면 내 삶이 얼마나 달라졌을까?
몇 번이고 눈물을 훔치며 책장을 천천히 넘겼다.
이 책은 내 인생에 정말 커다란 영향을 주었다.
ㅡ독자평

어째서 14세 소녀 작가가 이토록 어른의 마음과
소년의 마음을 잘 알 수가 있을까.
ㅡ독자평

엄마와 딸의 따뜻한 이야기. 차별과 편견 없이 어울릴 수 있는
순수함에 감동했다. 이토록 순수한 마음으로 사람을 사귀면
증오란 존재하지 않겠다고 생각했다.
이런 작품이 중학생에게서 나왔다는 것이 놀랍다.
다음 작품이 기대된다.
ㅡ독자평

단숨에 읽어 내렸다. 14세 작가의 문장인데도
왠지 그리운 느낌이 전해져왔다. 이 책 덕분에 십 년 전에
돌아가신 친척 아저씨의 집에서 가족과 함께 여름 축제에
가는 꿈을 꾸었다. 잊고 살았던 나의 어린 시절이 되살아났다.
　—독자평

실화인가 싶을 정도로 묘사가 생생해서 놀랐다.
부모와 자식이 함께 읽기 좋은 책.
　—독자평

어른이 되어서 잊어버린 일. 어른이 되어서도 잊어버리고 싶지 않았던 일.
저자는 읽기 쉬운 이야기를 통해 많은 것을 가르쳐주었다.
어두운 얼굴을 하고 고민하는 사람이 있다면 하나미의 엄마처럼
"이봐, 어서 배불리 먹어"라고 말할 수 있는 사람이 되고 싶다.
　—독자평

소설은 거의 읽지 않지만 왠지 이 책만은 읽고 싶었다.
실컷 웃다가 뭉클해져 눈물을 왈칵 쏟았다. 책장을 펼치고
눈을 뗄 수 없을 정도로 단숨에 읽어버렸다. 마지막 단편 「안녕, 다나카」에
이르자 눈물을 멈출 수 없었다. 정말 대단한 중학생이 나타났다.
　—독자평

차례

언젠가

어딘가에서

아빠가 없어서 쓸쓸하냐는 질문을 받을 때가 있다. 늘 곁에 있던 사람이 도중에 사라지면 아마 쓸쓸하겠지만 내게는 처음부터 아빠가 없었다. 태어나서부터 지금까지 아빠의 빈자리를 당연하게 여기고 살아서 대답하기가 늘 곤란하다.

그래도 가끔은 아빠가 있으면 어떨지 상상해본다. 초등학교 4학년 때, 친구 미키의 아빠와 셋이서 볼링장에 갔다. 미키의 아빠는 키가 크고, 갸름한 얼굴이 미키와 많이 닮았다. 볼링을 잘 친다는 미키의 아빠는 볼링이 처음인 내게 게임 방법을 하나하나 자상하게 가르쳐주었다. 뼈마디가 두드러진 긴 손가락, 마른 몸에 비해 탄탄하게 근육이 잡힌 팔뚝, 새하얀 폴로셔츠와 희미하게 나던 헤어스프레이의 향 같은 것이 산뜻해서 내게도 아빠가 있다면 이렇겠거니 싶었다.

미키가 "아빠, 아빠" 하고 연신 불러대는 바람에 나도 무심코 "아빠"라고 불렀다가 놀라서 입을 다물었다. 다행히 둘 다 못 들은 것 같았는데, 그 순간 나는 이때까지 누군가를 '아빠'라고 불러본 적이 없다는 사실을 깨닫고 위장이 꽉 조여드는 듯한 안타까움을 느꼈다.

우리 반에 나카노 지하야라고 나처럼 모녀 가정에서 자란 아이가 있다. 그 애의 집에 놀러 간 적이 있는데, 오 년 전에 교통사고로 돌아가셨다는 아빠의 흔적이 여전히 사방에 진하게 남아 있어서 놀랐다.

나카노의 아빠는 고등학교에서 일본어를 가르치던 선생님이라고 했다. 지금도 아빠의 서재가 그대로 있었고 불단에는 꽃이나 과일을 잔뜩 공양했으며 아빠 사진을 여기저기 장식해놓았다. 사진 속 나카노의 아빠는 안경을 썼고 다정해 보이는 사람이었다. 나카노는 매일 아침저녁으로 불단 앞에서 합장하고 아빠에게 말을 걸고, 또 엄마랑 자주 아빠 이야기를 나눈다고 했다. 그렇게 해야 공양이 된다고 엄마가 말씀하셨다고 한다.

"하나네 아빠는 어떤 사람이야?"

나카노의 물음에 답하기 어려웠다. 사실 우리 집에서는 아빠 이야기가 나온 적이 거의 없다. 엄마가 말하기 싫어하기 때문이다.

"응, 내가 태어나기 전에 돌아가셔서 잘 몰라."

"그래? 하나, 불쌍하다."

나카노가 눈물을 글썽였다.

"너희 집에서는 가게젠을 하니?"

처음 듣는 단어였다.

"안 해. 그게 뭐야?"

가게젠(かげぜん)이란 죽은 사람을 그리워하며 살아 있을

때처럼 밥을 준비하는 것이라고 나카노가 알려주었다. 나카노의 집에서는 아빠가 돌아가신 이후로 계속 가게젠을 한다고 했다.

엄마에게 그 얘기를 전해주었다.

"매번 한 사람 식사를 더 준비하는 거야? 그거 귀찮겠다."

"우리는 안 해도 돼?"

"우리 집은 엄마가 매번 두 사람 몫을 먹으니까 괜찮아."

엄마는 그렇게 대답하며 가슴을 활짝 폈다. 그런 얘기가 아닌 것 같은데.

"그리고 나카노네 집에서는 아빠 얘기를 자주 한대. 그래야 공양이 된대. 나카노가 우리 아빠는 어떤 사람이냐고 물었는데 대답을 못 했어."

엄마는 아빠가 어떤 사람인지 알려주지 않는다. 그냥 내가 태어나기 전에 죽었다고만 한다. 어려서는 그 말을 믿었는데 요즘 들어 아무래도 의심스럽다.

"그리고 우리 집에는 왜 불단이 없어? 아빠 사진도 한 장 없고."

"아, 어어, 그건, 그거야, 그래. 불에 탔어. 화재로."

누가 봐도 방금 떠올린 것 같은 대답이 돌아왔다. 이런 식으로 둘러대서 통하는 것은 저학년까지다.

"흐음. 그럼 우리 아빠는 어떤 사람이었어?"

"평범하게 일하는 사람이었지."

"그렇게 말하면 잘 모르잖아. 좀 더 자세하게 말해줘. 무슨 일을 했는데?"

"그럼 반대로 하나는 아빠가 어떤 사람이면 좋을 것 같아?"

"어어, 음, 나카노네 아빠처럼 학교 선생님?"

"그럼 그걸로 됐네. 응, 그걸로 하자."

"어? 뭐야, 그게. 그걸로 되긴 뭐가 돼. 이상하잖아."

"'숨기면 꽃'이라는 말 모르니? 제아미〔무로마치 시대, 일본의 전통 가무극인 노(能)를 완성한 연기자 ―옮긴이〕가 한 말. 꼭 수제비 같은 이름이지? 아무튼 그 사람이 말했어. 뭐든지 다 밝힌다고 좋은 게 아니라는 뜻이야. 인생에는 알쏭달쏭한 부분을 남겨둬야 상상의 여지가 많고 운치가 있다는 소리지. '수수께끼 이외에 무엇을 사랑하랴'라고 니체도 말했다더라. 니체라고 아니? 독일 철학자야."

평소에는 의무교육을 마치기나 했는지 의심이 드는 엄마인데 가끔 교양인 같은 소리를 하니까 얕볼 수가 없다. 게다가 꼭 뭔가를 숨기거나 대화 주제를 바꾸려고 할 때 그런 소리를 한다.

"예를 들어서, 봐봐."

엄마가 리모컨을 눌러 텔레비전을 켰다.

인기 배우가 환하게 웃으며 탄산음료를 마시는 상쾌한 광고가 화면에 떴다.

"어쩌면 저 사람이 아빠일지도 모르지."

"뭐? 그럴 리가 없잖아."

"가능성이 제로는 아니야."

"흥, 바보 같아."

리모컨을 빼앗아 채널을 바꿨더니 물건을 팔러 온 척하며 수차례 빈집을 턴 남자가 붙잡혔다는 뉴스가 나왔다.

"굳이 따지면 저쪽에 가깝지 않아? 분류상으로. 하하하."

나는 농담으로 한 소리였는데 힐끔 엄마를 봤더니 허를 찔린 표정으로 굳어 있었다.

어, 거짓말이지?

잠깐 사이를 두더니 엄마가 한층 더 소리를 높였다.

"얘가 무슨 소리야. 그럴 리가 없잖아? 아아, 벌써 시간이 이렇게 됐네. 말장난은 그만하고 숙제해야지. 오늘은 뭐니? 산수? 한자랑 음독도 있지?"

그때 번개 같은 직감이 내 머리를 꿰뚫었다.

아아, 그런 거였구나.

이제야 모든 게 이해가 되었다.

그렇구나, 우리 아빠는 범죄자였구나.

우리 집에서 아빠 얘기는 자연스럽게 하면 안 되는 것으로 여겨졌고, 엄마가 워낙 얘기하기 싫어하니까 폭력을 쓰거나 술주정뱅이거나 도박을 좋아하는 그런 구제 불능인 인간이리라 짐작은 했다. 그래서 말하기 싫어하는 건 줄 알았다. 그런데 범죄자였다니. 그러면 더욱이 말할 수 없지. 그 뒤로 엄마가 꾸며낸 어색하기 짝이 없이 밝은 태도가 오히려 내 말이 진실이라고 뒷받침해주는 것 같았다.

그날 밤은 이불에 누워서도 잠이 오지 않았다. 담임인 기도 선생님이 예전에 했던 말이 떠올랐다.

"영국에는 '장식장 안의 해골'이라는 말이 있습니다. 어느 가정에나 비밀로 해두고 싶은 것이 있다는 의미지요."

우리 집 장식장의 해골은 아빠였을까?

기도 선생님은 이십 대 남자 선생님인데 처음 봤을 때 사십 대쯤 된 줄 알았을 정도로 젊은데 젊음이 전혀 느껴지지 않는다. 물론 잘 뜯어보면 얼굴이 단정하고 키도 크지만 심각한 새우등에 팔다리가 불균형하게 길어서 하나도 멋있지 않다. 하나하나 떼어놓으면 나쁘지 않은데 전체적으로 조합하면 어딘가 기묘해서 어린애가 보기에도 손해 보는 인생이라는 생각이 든다.

무슨 논리인지 모르겠지만 기도 선생님은 자기가 전생에 영국 신사였다고 철석같이 믿고 있어서 틈만 나면 영국 이야기를 해준다. 심지어 셜록 홈스와 같은 시대의 런던에 살았다고 한다. 정말로 당시 영국에 대해 아주 속속들이 아는데, 놀랍게도 기도 선생님은 지금까지 영국에 실제로 가본 적이 한 번도 없다고 한다. 그러고선 옛날에 살아서 잘 알고 있으니까, 라고 알 듯 말 듯 아리송한 소리를 한다.

선생님은 교무실에서 종종 홍차를 마신다.

"홍차 좋아하시나 봐요?"

다카오카라는 새로 부임한 젊은 여자 선생님이 묻자 기도 선생님은,

"네, 영국에 살던 때부터 습관이어서요."

"기도 선생님, 영국에서 사신 적이 있어요?"

"네, 전생에요."

이렇게 진지하게 대답해서 다카오카 선생님을 얼어붙게 만든 적도 있다.

이외에도 오컬트한 이야기를 좋아해서(선생님은 이런 이야기를 꺼냈다 하면 그칠 줄을 모른다. 나는 사람 눈빛이 획 바뀐다는 것을 태어나서 처음으로 목격했다) 지구 멸망의 날이나 비밀 결사

나 예지몽이나 연금술이나 땅속에 사는 사람 같은 이야기를 자주 꺼내 이유 없이 아이들에게 겁을 준다. 그 때문에 일부 학부모들에게 항의가 들어온다는데, 이 점을 제외하면 가르치기도 잘 가르치고 다정해서 전반적으로 좋은 선생님이라고 생각한다.

게다가 아주 좋은 대학을 나왔는데 학원 한번 다니지 않고 고등학교도 대학교도 전부 제1지망에 붙었다고 하는 걸 보면 머리가 우수한 것만은 확실하다. 친구 마리에의 말에 따르면 '머리가 너무 좋아서 위험한 영역으로 가버린 타입'이라고 한다.

엄마에게 기도 선생님 이야기를 하면, 엄마는 "그 선생님, 여기 괜찮니?"라며 검지로 자기 머리를 가리키곤 한다(우리 엄마한테 이런 소리를 듣다니, 기도 선생님의 앞날도 참 위태위태하다).

엄마는 공사 현장에서 남자들과 어울려 힘쓰는 일을 한다. 거기서 여자는 엄마뿐이다. 볕에 탄 머리카락은 퍼석퍼석하고 잘 먹는데도 말랐다. 날씬해서 부러운 몸매가 아니라 가난해서 비쩍 마른 몸이다. 잘 씻어도 얼굴이 어딘가 지저분해 보이고, 여름에 반바지와 러닝셔츠를 입고 대자로 뻗어 낮잠을 자는 모습은 꼭 밭에서 방금 파낸 흙 묻은 우엉 같다.

좀 더 편한 일도 있을 텐데 엄마는 자기를 괴롭히듯이 일한다.

"엄마 같은 사람은 이 정도가 딱 좋아."

엄마는 종종 이런 소리를 하는데 나는 무슨 의미인지 잘 모르겠다.

엄마는 어려서 일찍 부모님을 여의었다. 다른 가족도 없어서 나는 친척을 본 적이 없다. 그래서 아빠에 관해서 누구에게도 물을 수가 없다. 이 세상에 엄마와 나 오직 둘뿐이다.

우리 모녀가 만약 다른 나라, 다른 시대에 태어났더라면 어땠을까. 에도시대라면 엄청난 소작료와 기근으로 굶주리는 농민이었을 거다(아마 나는 일찌감치 어딘가에 팔려 갔겠지). 외국에서 태어났더라면 시궁쥐가 돌아다니는 슬럼가에서 곰팡이 핀 빵을 깨작이는 서민이거나, 차라리 죽는 게 나을 정도로 가혹한 노동을 해야 하는 피라미드 건설 현장의 노예 같은, 뭐 그런 부류겠지. 절대로 왕족이나 귀족, 부유층은 아닐 것이다.

예전에 엄마랑 만약에 다시 태어난다면 뭐가 좋을지 얘기한 적이 있다. 부자가 좋다고 할 줄 알았는데 뜻밖에도 벌레가 좋겠다는 대답이 돌아왔다.

"먹고 배설하고 그냥 사는 거야. 삶의 보람이니 의무니 과거니 장래니 일이니 돈이니 하는 것과 관계없이 단순하게 살다가 죽는 게 좋겠어."

나는 하나도 안 좋을 것 같지만 벌레든 동물이든 괜찮으니까 다시 태어나도 엄마의 딸이었으면 좋겠다.

학교 가는 길에 경찰서가 있는데 거기 게시판에 '이 얼굴을 본 적 있다면 신고하시오'라는 말과 함께 전국 지명수배범들의 얼굴 사진이 붙어 있었다. 평소에는 관심 없이 지나가는데 오늘 아침에는 그 앞에서 멈춰 섰다. 혹시 이 중에 아빠가 있을지도 몰랐다. 쭉 나열된 얼굴들은 강도 살인이나 방화 살인 같은 짓을 저지른 흉악범들이라 누가 봐도 극악무도한 남자들뿐이었다.

"왜 그래?"

내가 멈춰 서서 사진을 들여다보고 있자, 마리에가 의아한 듯 고개를 갸웃거렸다.

"아니, 있잖아, 혹시 이 중에 나랑 비슷하게 생긴 사람이 있어?"

"어? 어어어?"

마리에가 화들짝 놀라 나를 봤다.

"아, 아니야. 아무것도 아니야."

나는 허둥지둥 얼버무렸다. 같은 범죄자라도 여기에 붙는 사람들은 특수한 흉악범이니까 우리 아빠는 그렇게까지 나쁜 사람은 아닐 거다. 최소한 좀도둑 정도면 좋겠다고 작은 소망을 품었다.

학교에 도착했다. 조회 시간에 기도 선생님이 말했다.

"어제 학교 주변에 수상한 사람이 나타났다고 합니다. 부모님께는 긴급 연락을 드렸어요. 정문 근처를 돌아다니며 학교 안을 들여다보고 하교하는 학생들의 얼굴을 확인했다고 합니다. 사십 대 후반쯤으로 선생님보다 키가 조금 작고 새까만 옷을 입었다고 합니다. 여러분, 등하교할 때 꼭 주의해주세요."

이런 수상한 사람의 정보는 종종 듣는다. 실제로 무슨 일이 생기지도 않는데 학교나 학부모회나 이런 정보에는 유난히 예민하다. 평소에 나는 '또야?' 하고 대수롭지 않게 넘기는데 오늘은 달랐다.

어쩌면 우리 아빠일지도 몰라.

교도소에서 나왔는지 아니면 도망치는 중인지는 모르지만, 혹시 아빠가 날 만나러 온 것은 아닐까? 엄마 말을 따라 하는 것 같지만 이거야말로 가능성이 제로는 아니다. 그나저나 학교에서 알려주는 수상한 사람 정보를 듣고 '어쩌면 아빠일지도 몰라'라고 생각할 아이는 전국에 그렇게 많지 않겠지.

"싫다. 변태면 어떡해?"

"도망쳐, 도망쳐야지."

천진난만하게 웃는 반 친구들이 그저 멀게만 느껴졌다.

그날 밤 엄마랑 텔레비전을 보면서 밥을 먹는데,

"아, 맞아. 아빠 사진을 찾았더니 딱 한 장 남아 있더라. 볼래?"

하고 엄마가 물었다.

"어, 진짜? 당연히 보고 싶지, 보여줘."

엄마가 일어나 서랍에서 봉투를 꺼내 왔다. 안에서 고색창연한 사진이 나왔다. 머리는 올백으로 넘겼고 가느다란 넥타이에 둥근 안경을 쓰고, 양복을 입은 무표정한 남자가 찍혀 있었다.

"이, 이거야?"

"응, 제법 멋있지?"

엄마가 기분 좋은 듯이 콧구멍을 부풀렸지만, 그래도 이 사진은 너무 오래됐다. 우리 아빠의 젊은 시절이라면서 이건 아니지. 흑백사진이 노랗게 바랬다. 옷도 머리 스타일도 너무 오래됐다.

"거짓말. 너무 오래됐잖아. 이 사람, 교과서에 나오는 다키렌 다로[메이지 시대에 활동하던 유명한 작곡가—옮긴이]랑 동시대 사람 아니야?"

"에이, 그건 너무했다. 집주인 아줌마의 남편인데?"

"뭐라고?"

"아, 이런. 들켰다."

선뜻 인정한다.

집주인 아줌마는 우리가 사는 목조 모르타르 다세대 연립
주택의 주인으로 육십 대 초반이다. 빠글빠글 파마한 머리는
가발 같고 공처럼 통통하게 살이 쪘다.

"체질이야. 많이 안 먹어도 금방 살이 찌지 뭐니. 물만 마
셔도 살찌는 체질이라서 진절머리가 난다니까."

아줌마는 이렇게 주장하지만, 입에는 늘 사탕이니 초콜릿
이니 쌀과자 같은 주전부리를 달고 살고 앞치마 주머니는 캐
러멜이나 쿠키 봉지로 부풀어 있다(만나면 내게도 꼭 두세 개쯤
주지만). 그러니까 그냥 흘려듣는다.

예전에는 겸업농가였는데 이십 년쯤 전에 밭을 밀어 2층
짜리 주택과 주차장을 세웠다고 들었다. 자기는 다세대 주택
옆의 단독주택에 산다. 아줌마는 우리 모녀의 처지를 동정해
서 다른 입주민보다 집세를 싸게 해줬고 때때로 선물 받은 화
과자, 직접 만든 튀김이나 조림을 가져다준다.

짬이 나면 우리 집에 와서 엄마랑 차를 마시며 아직 어린
내가 봐도 한심한 수다를 떨고는 주택 전체가 쩌렁쩌렁 울릴
정도로 요란하게 웃는다.

"자기는 한참 젊으니까 이제부터 꽃 한두 송이쯤은 더 피워야지."

"인제 와서 무리예요. 애도 있는데."

"그러니까 더 노력해야지. 앞으로 하나를 가르치려면 돈이 많이 들 거야. 재혼도 생각 좀 해봐."

"에이, 무리예요. 저 같은 건."

"시장을 바꾸라니까. 잘생기고 젊은 남자야 당연히 어렵겠지만, 이미 한 번 다녀온 남자나 나이 먹고 혼자 사는 사람은 얼마든지 있어. 일본에서는 무용지물이어서 폐기될 가전제품이 동남아시아에서는 엄청나게 인기를 끈다잖아? 자기도 적당한 곳에만 가면 인기 대박일 거야."

"저기요, 칭찬인지 전혀 모르겠는데요."

이 시점에서 땅이 갈라질 정도로 요란하게 깔깔 웃는다. 아마 아빠 사진도 엄마가 내 얘기를 하니까 "그럼 이거라도 보여줘"라며 아줌마가 옛날 앨범에서 꺼내왔을 것이다. 고작 이런 것으로 속일 수 있다고 생각하다니 둘 다 나를 너무 물로 본다.

나는 사진을 검지로 팅기고 누워서 등을 둥글게 말았다.

"아이스크림이라도 먹을래? 어제 아이스크림 전 품목 20퍼센트 할인하는 날이어서 사 왔어. 하나가 좋아하는 초콜릿

너츠."

엄마가 애교스러운 목소리를 내며 달랬지만 나는 등을 돌린 채로 "됐어" 하고 대답했다. 창 너머로 새잎의 내음을 품은 바람이 들어왔다.

다음 날, 기도 선생님이 또 주의를 주었다.

"어제 또 학교 주변을 돌아다니는 수상한 사람을 목격했다는 정보가 들어왔습니다. 여러분, 아무쪼록 조심해요."

어제 내가 집에 갈 때는 아무도 없었는데. 나는 어떻게든 그 사람을 만나보고 싶었다.

하교하면서 교문 근처를 기웃기웃 살폈는데 그럴싸한 인물은 보이지 않았다. 포기하고 막 걸음을 옮기려던 참에 뒤에서 "얘야, 잠깐 괜찮니?" 하고 누가 말을 걸었다. 뒤를 돌아보니 한 남자가 서 있었다. 갸름한 얼굴에 쌍꺼풀이 진한 눈. 선생님이 말했던 새까만 옷차림이 아니라 하얀 셔츠에 남색 치노 바지를 입었고, 나이는 미키의 아버지와 비슷해 보였다. 가슴이 뛰었다.

"좀 물어보고 싶은 게 있는데."

"아, 네."

"너, 기타마치 초등학교 학생이니?"

"네, 그런데요."

기도 선생님한테 낯선 사람이 말을 걸면 상대하지 말라는 경고를 단단히 들었지만 오늘은 특별하다. 게다가 이 사람은 그다지 나쁜 사람으로 보이지 않았다. 아니, 혹시 이 사람이 정말로 우리 아빠라면 실제로 범죄자일 테니까 나쁜 사람이 겠지만.

"키가 커 보이는데 고학년이니?"

"네, 6학년이요."

남자의 얼굴이 환하게 밝아졌다.

"사실은 여자애를 찾고 있어. 지금 6학년이야."

어, 어어, 혹시 진짜야? 우리 아빠야? 나를 찾으러 와 줬어? 그렇구나, 태어나기도 전에 헤어졌으니까 내 얼굴을 당연히 모르겠지.

머리가 혼란스러웠고 온몸에서 땀이 나는 것 같았다.

"혹시 이 애를 아니?"

남자가 들고 있던 가방에서 사진을 꺼냈다. 초등학교 저학년쯤 되어 보이는 여자애가 벚나무 아래에서 웃고 있었다. 내가 아니었다.

"다카이 유카라고 하는데, 아, 지금은 다카이가 아니라 하야카와 유카라고 한다. 혹시 얘를 아니?"

누군지 금방 알았다. 옆 반의 유카다. 나랑 같은 동아리에서 특별 활동을 한다. 하지만 나는 이 사람이 내 아빠가 아니라는 것에 낙담해서 곧바로 대답하지 못했다.

"아, 아저씨는 절대 이상한 사람이 아니야. 유카의 아빠란다. 유카가 어렸을 때 이혼한 후로 계속 만나지 못했어. 아저씨가 이번에 일 때문에 외국으로 나가게 됐는데, 그 전에 어떻게든 만나고 싶어서. 앞으로 언제 일본에 돌아올 지 모르거든."

내가 입을 다물고 있자 아저씨가 황급히 설명했다. 수상하게 여긴다고 생각했나 보다.

"그래요? 하지만."

모르는 사람이 내 이름이나 친구의 이름, 학년 등을 물어도 대답하면 안 된다고 기도 선생님이 주의를 주었던 것이 떠올랐다.

"정말이란다. 아저씨는 정말로 유카의 아빠야. 자, 여기 증거 사진."

사진을 한 장 더 꺼냈다. 동물원인가? 아까 사진보다 어린 여자애가 원숭이 우리 앞에서 이 아저씨에게 안겨 웃고 있었다. 뺨을 비빈 두 사람은 정말 행복해 보였다. 단단히 감싸듯이 여자애를 안은 아저씨의 팔에서 '정말 소중한 보물'이라는 마음가짐이 느껴져 가슴이 바늘에 찔린 듯 따끔했다. 고개를 들었는데 아저씨의 눈이 빨갛게 일렁이고 있었다.

이 사람은 거짓말을 하는 게 아니라고 판단했다.

"하야카와 유카는 나랑 같은 동아리예요."

아저씨의 얼굴이 환해졌다.

"그래? 무슨 동아리?"

"가정이요."

"가정? 그래, 가정 동아리에 들어갔구나. 응, 응. 유카는 그런 걸 좋아했으니까. 가정적인 애로 컸겠구나. 응."

아저씨는 이해했다는 듯이 고개를 끄덕이며 혼잣말을 했다.

"마침 내일 동아리 활동을 하는데…."

"정말? 그러면 말 좀 전해주지 않을래? 아빠가 만나고 싶어 한다고."

"네? 제가요?"

"부탁이다. 제발. 아저씨는 이런저런 사정이 있어서 유카와 직접 만나면 안 되거든. 이혼하면서 유카 엄마랑 그러기로 약속했단다. 지금은 엄마도 재혼해서 여러모로 사정이 복잡해졌어. 그러니까 부탁하마. 부디, 제발."

아저씨가 땅에 닿도록 고개를 숙였다. 어른이 이러는 건 처음이라 당황했다.

"알았어요, 그럴게요. 내일 유카한테 말 전할게요."

그러자 아저씨는 "고맙다, 정말 고맙다" 하고 몇 번이나 내게 인사했다. 아저씨는 좀 전에 내게 보여줬던, 유카와 둘이서 찍은 사진 뒤에 볼펜으로 뭔가 재빠르게 썼다.

"이것도 전해줄래?"

사진에는 전화번호와 함께 '연락해주렴. 아빠가'라고 적혀 있었다.

다음 날, 동아리 활동으로 펠트 마스코트를 만들었는데 아무 데나 편하게 앉을 수 있어서 나는 유카 옆에 앉았다.

"오늘 집에 같이 갈래?"

만들면서 물었다.

"응, 그래."

유카는 바느질하는 손을 멈추지 않고 대답했다. 다행히 유카와는 가는 길이 같다. 동아리 활동은 6교시에 하고, 동아리마다 끝나는 시간이 달라서 교실로 돌아가지 않고 곧바로 하교한다.

내가 먼저 완성해서 유카를 기다렸다가 같이 학교를 나왔다. 처음에는 다음 주 가정 동아리 활동이나 기도 선생님 얘기(주로 이상한 행동에 대해서)를 하다가 결심하고 "저기, 사실은 말이야" 하고 말을 꺼내자, 유카가 의아한 표정으로 나를 보았다.

"너희 아빠를 만났어. 집에 가다가."

유카가 놀라서 눈을 동그랗게 뜨고 고개를 갸웃거렸다.

"어떻게? 우리 아빠가 왜 학교 근처에 있어? 여기서 아주 먼 회사에 다니는데?"

맞아, 유카네 엄마는 재혼했댔지.

"아, 그 아빠가 아니라 진짜 아빠."

"어?"

유카는 이번에야말로 놀란 표정을 지었다.

"수상한 사람이 돌아다닌다고 했잖아. 요 며칠간. 그 사람, 유카의 진짜 아빠였나 봐."

"어어어?"

더욱 놀랐는지 목소리가 한층 더 높아졌다. 유카를 놀라게 해서 왠지 미안했다. 나는 가방에서 과학 교과서 사이에 끼워놓은 사진을 꺼냈다. 유카는 "아" 하고 짧게 외치더니 그것을 받아들고 한참이나 가만히 바라보았다.

"아빠, 지금 어때 보였어? 나는 계속 못 만났거든."

"이 사진이랑 별로 다르지 않았어. 살도 안 쪘고 머리도 안 벗어졌어. 이번에 일 때문에 외국으로 나가게 됐대. 한동안 못 올 것 같으니까 그 전에 너랑 만나고 싶다고 하셨어."

"그… 렇구나."

"만나보는 게 어때? 아저씨가 너랑 정말 만나고 싶어 하던데."

"하지만"이란 말을 끝으로 유카는 입을 다물었다.

"만나러 와주는 아빠가 있는 것만으로도 좋잖아. 나는 아무리 만나고 싶어도 와주지 않는걸. 꿈에도 나와주지 않고."

"아, 하나는 아빠가 안 계신댔지."

"응."

"그래도 내 마음대로 아빠를 만나면 안 되고 엄마한테 말하면 당연히 반대할 거야. 엄마는 아빠를 아주 싫어해서 지금도 악담을 하거든."

"왜 그러시지? 결혼했던 사이면서?"

"나도 잘 모르겠어. 이혼했을 때는 내가 어렸거든. 엄마를 고생시켰나 봐."

"지금 아빠는 어때?"

"좋은 사람이야. 나를 많이 신경 써줘. 뭐, 나도 신경을 쓰지만."

아빠가 둘이나 있는 것도 그 나름대로 힘들겠다.

"나는 만나는 게 좋다고 생각해. 나중에 후회하면 늦으니까."

"생각해볼게."

유카는 사진을 국어 교과서 사이에 끼웠다.

다음 날 점심시간에 유카가 우리 반에 왔다.

"잠깐 얘기 좀 할래?"

곧바로 그 일인 줄 알아차렸다. 우리는 사람 없는 복도 끝까지 갔다.

"어제 그 일 말인데, 엄마한테 말해도 당연히 허락해주지 않을 거고 지금 새아빠한테도 미안하니까 안 만나려고 해."

"왜? 다음에 언제 만날 수 있을지 모르는데? 유카의 아빠가 불쌍하잖아. 나처럼 아무리 만나고 싶어도 못 만나는 애도 있는데."

유카는 입술을 깨물고 고개를 숙였다.

"그럼 같이 가주지 않을래?"

유카가 고개를 들고 물었다.

"어? 내가?"

"응. 진짜 아빠랑 단둘이 만나면 안 되거든. 그래도 하나랑 같이 만나면 괜찮을지도 몰라. 둘이서 놀다가 우연히 만난 것처럼 꾸며서. 만에 하나 들켜도 죄가 가벼워질 테니까."

"그럴까?"

"그럴 거야."

조금 의문이 들었지만 유카가 아빠와 만날 마음이 든 것은 다행이었다. 유카의 아빠에게도 의무를 다한 것 같은 기분이었다.

다음 날, 역시 점심시간에 유카가 교실에 와서 소리를 죽여 속삭였다.

"어제 아빠랑 연락했어."

"엄마한테 안 들켰어?"

"괜찮아. 내 방에서 스마트폰으로 전화했거든."

"어? 스마트폰이 있어? 네 방도 있고? 대단하다."

유카의 새아빠는 부자일까? 우리 집은 침실 하나랑 거실 하나여서 내 방을 갖는 게 불가능하다. 스마트폰은커녕 일반 휴대전화도 없다. 그래서 엄마한테 말했더니,

"아직 일러. 그렇게 전화가 필요하면 집에 전화 설치할까? 어린애는 그거면 되잖아."

"하지만 갑자기 전화하고 싶을 때는 어떻게 해?"

"통신용 비둘기라도 키우지 그러니?"

라며 상대도 안 해주었다. 유카, 부럽다. 이게 저번 사회 시간에 기도 선생님이 가르쳐준 빈부격차라는 걸까? 이렇게 가까이서 실감하다니.

"그래서 이번 일요일 오후 한 시에 역 앞에서 만나기로 했

는데 괜찮아?”

“일요일? 응, 괜찮아.”

일요일에 엄마는 일이 있다고 했다. 원래 쉬는 날인데 요즘 비가 계속 내려서 작업이 늦어지는 바람에 일요일에도 출근한다고 들었다. 엄마는 내가 숙제만 제대로 하면 잔소리를 하지 않는다. 일요일에 옆 반 유카랑 논다고 말해줘야지. 어쨌든 이건 거짓말이 아니니까.

그날 밤, 이번 일요일 오후에 유카와 놀기로 약속했다고 하자 역시나 “숙제는 다 해야 한다? 그리고 너무 늦지 말고” 라는 대답이 돌아왔다.

일요일, 엄마가 아침 일찍 일하러 가서 오전에 혼자 있었는데 영 침착하지 못했다. 드라마처럼 감동적일 유카와 아빠의 재회 장면을 상상하니 가슴이 뛰었다.

6월에 들어섰지만 아직 장마가 오려면 멀었는지 새파란 하늘이 눈부셨다. 만나기로 한 장소에 조금 일찍 갔더니 유카도 벌써 와 있었다. 바로 옆의 산울타리에 샛노란 장미가 피었다.

얼마 지나지 않아 유카의 아빠도 왔다. 아저씨가 ‘여어’ 하고 인사하듯이 한쪽 손을 살짝 들었는데, 유카는 시선을 피하고 부루퉁하게 고개만 살짝 숙였다. 내가 상상했던 장면은 펼

처지지 않았다.

"우선 얘기를 좀 할까?"

아저씨의 말에 따라 역 앞의 패밀리 레스토랑에 들어갔다. 고기를 굽는 맛있는 향기가 나서 저절로 침이 고였다.

외식이라니, 얼마 만에 하는 거더라? 그래, 내 생일 때 했으니까 거의 일 년 가까이 지났다. 마침 동네에 양식 레스토랑이 오픈했었고 우편함에 음료 무료 쿠폰이 들어 있어서 곧 생일이니까 가보자면서 엄마랑 갔었다.

메뉴에 내가 좋아하는 그라탱과 햄버거, 새우튀김, 오므라이스까지 있어서 나는 뭘 골라야 좋을지 몰라 끙끙 고민했고, 엄마는 메뉴를 보고는 불평했다.

"헉, 겨우 스파게티 주제에 천팔백 엔이나 한다고? 이거 집에서 만들면 이백 엔도 안 하는데."

내가 외식은 원래 그런 거라고 말하자, 엄마는 "알고는 있는데 그냥 말해봤어" 하고 어린애처럼 입술을 삐죽였다. 결국 둘 다 좋아하는 햄버거를 먹었다. 엄마는 오리지널 버거를 먹었는데 나는 생일이니까 특별히 치즈가 들어간 것을 시켜주었다.

요리가 나오자 엄마는 "헉, 왜 이렇게 작아. 사진은 그렇게 컸으면서. 이거 두 입 먹으면 끝이잖아. 배도 안 부르겠다"라

며 또 투덜댔다. 레스토랑 직원에게 들리면 어쩌나 조마조마
했다.

"이런 건 양보다 질이야. 진짜 맛있을 거야."

"당연하지. 맛이 없는데 양도 적고 비싸면 아무도 안 올 거
아니니."

이런 대화를 주고받으며 나는 엄마랑 온 것을 조금 후회
했다.

햄버거를 한 입 먹은 우리는 얼굴을 마주 보았다.

마, 맛있잖아. 엄마도 눈을 휘둥그렇게 떴다. 겉은 알맞
게 구워졌고 안에는 육즙이 풍부해 입을 가득 채웠다. '주시
(juicy)하다'는 말은 과일에만 쓰는 줄 알았는데 고기 요리에도
해당되는 말인 것을 그때 처음 알았다. 고기 맛이 이토록 풍
부하게 느껴지는 햄버거는 처음 먹었다. 급식에 나오는 햄버
거(좋아하지만)와도, 엄마가 사 오는 데우기만 하면 되는 봉지
햄버거와도, 반값에 사서 도시락에 넣는 퍼석퍼석한 햄버거
와도 전혀 달랐다(당연한 건가).

"맛있다."

감동해서 엄마에게 말하자, 엄마는 다람쥐처럼 볼을 부풀
리고 "우웅, 우웅" 하고 고개를 끄덕였다. 아무리 엄마라도 이
맛에는 감탄할 수밖에. 엄마는 햄버거를 꿀꺽 삼키더니 딱 한

마디만 했다.

"입은 정직해."

집에 오면서 "진짜 맛있었지, 엄마?" 하고 묻자, 드물게도 순순히 그렇다고 고개를 끄덕였다. 그리고 "아아, 소는 좋겠다"라고 말했다.

"왜?"

"왜냐면 소는 한번 먹은 음식을 되새김질해서 다시 씹을 수 있잖아. 아아, 내가 소라면 집에 돌아가서 그 맛을 다시 즐길 수 있을 텐데. 아아, 소가 되고 싶어."

방금 먹은 것이 소고기 햄버거였다는 것을 까맣게 잊은 듯이 중얼거렸다. 그리고 "또 먹으러 갈 수 있게 열심히 일해야지"라는 긍정적인 말까지 덧붙였는데, 그날 이후 레스토랑에 다시 가지 못한 채 지금에 이르렀다.

이런 추억을 떠올리며 자리에 앉았다. 나와 유카가 나란히 앉고 아저씨가 우리 맞은편에 앉았다.

"점심은 먹었니? 배고프면 먹고 싶은 것 시켜도 돼."

아저씨가 메뉴를 펼쳐서 건네주었다.

어? 진짜? 이건 내 마음의 소리. 사실 엄마가 준비해놓고 간 주먹밥과 크로켓을 먹었지만, 맛있어 보이는 메뉴를 앞에 두니 그런 것은 다 잊었다. 유카를 보니 여전히 부루퉁한 표정이었다. 그리고 유카는 말했다.

"나는 필요 없어."

어? 어떡해. 그러면 내가 시키기 좀 그렇잖아.

아저씨의 표정에 쓴웃음이 어렸다.

"집에서 먹고 왔으니까."

"그럼 음료만이라도 시키렴."

유카는 고개를 푹 숙였다. 왜 이러지? 오랫동안 떨어져 있던 아빠랑 만났는데 안 기쁜가? 아니면 긴장했나? 부끄러워서 그러나?

"유카. 아, 유카는 사과 주스 좋아했지? 어렸을 때 아빠가 사과를 짜서 만들어줬잖아."

"지금은 싫어해."

유카가 즉각 대답했다. 분위기가 너무 안 좋다.

"나, 나는 좋아해요. 사과 주스. 그래도 집에서 먹는 건 기껏해야 과즙 30퍼센트거나, 100퍼센트더라도 농축 과즙이지만요. 전에 집주인 아줌마가 아오모리에서 받은 선물이라고 스트레이트로 짠 주스를 줬는데요, 그게 감탄이 나올 정도로 진하고 정말 맛있었어요. 엄마는 아깝다며 물이랑 섞어서 마시지 뭐예요. 그러면 맛이 없다고 말해줬어요."

"어머님이 재미있으시구나."

아저씨가 말했고 유카도 아주 잠깐 미소를 지었다.

"그럼 하나는 사과 주스 할래?"

"아, 네. 유카, 초콜릿 음료가 있어. 전에 가정 동아리에서 만든 거랑 비슷하지 않아? 유카, 그거 맛있다고 했잖아."

유카가 말없이 고개를 끄덕였다.

"그럼 그걸로 할래?"

유카가 또 말없이 고개를 끄덕이자, 아저씨가 기뻐하며 몸을 내밀었다.

"케이크나 파르페도 있어. 뭐든 좋아하는 걸 시키렴."

아저씨의 꿈만 같은 말에 기대를 담아 무심코 유카를 보았으나, 유카는 다시 무표정으로 돌아와 "아니야, 됐어요"라고 짧게 대답했다. 뭐 좀 시켜, 유카. 내가 부탁하기 어렵잖아. 속으로 텔레파시를 보냈지만 통하지 않나 보다.

그때 나는 엄마의 가르침을 떠올렸다. 엄마의 가르침은 이것저것 있는데, 특히 "남한테 받은 음식은 바로 먹으렴. 돌려달라는 소리를 하기 전에"처럼 음식과 관련된 것이 많다. 어려서 부모님을 여의고 친척 집에 맡겨지거나 시설에서 살았던 경험과 관련 있는 것 같다. 그런 가르침 중 하나가 "먹을 것을 사준다고 하면 거절하지 마. 괜히 사양해놓고 나중에 그때 먹을 걸 그랬다고 후회해도 늦으니까. 어릴 때는 특히. 사

양하지 않는 게 어린애의 특권이야"가 있다. 그래, 나는 어린
애다.

"저기, 나요. 마카로니 그라탱 시켜도 될까요?"

아저씨가 싱글벙글 웃었다.

"물론이지, 그거 말고도 푸딩이나 아이스크림도 먹으렴."

디저트 페이지까지 펼쳐서 권했다. 오늘은 진짜 운 좋은
날이다.

"그럼 푸딩 아 라 모드요."

과일과 생크림이 잔뜩 올라가 횡재일 것 같아서 골랐다.
아저씨는 블렌드(커피를 이렇게 말하나 보다)를 시켰다. 곧 요리
와 음료가 나왔다. 음료만 시킨 두 사람 앞에서 먹기가 좀 민
망했지만 그것도 처음에만 그랬다. 마카로니 그라탱은 크림
처럼 부드럽고 푸딩은 달걀 맛이 진했다. 엄마가 할인할 때면
사 오는 세 개짜리 푸딩을 줄이고 줄여서 듬뿍 응축한 맛 같
았다. 비싸고 맛있고 진하다니 최고다. 유카한테 먹어보라고
여러 번 권했지만, 됐다고 사양할 뿐이고 아저씨와도 별다른
대화를 나누지 않았다.

"그라탱은 급식으로도 가끔 나오지"나 "가정 동아리에서도
언젠 푸딩 만들면 좋겠다" 하고 말을 걸어도 유카는 "그러
게" 하고 나를 쳐다보며 말했고, 아저씨도 "요즘은 급식에 그

라탱이 나오니? 부럽구나. 예전에는 그런 게 없었어" 하고 내게 말했다.

이어서 학교 이야기가 나와 아저씨가 "너희는 어떤 과목을 좋아하니?" 하고 물어서 "저는 공작이요. 유카는 체육인가? 유카는 달리기가 빠르거든요. 1반 여자애들 중에서 1등이에요" 라고 대답하자, 아저씨가 기쁜 표정을 지었다.

"아아, 그렇구나. 아저씨도 달리기는 제법 빨라서 중학교에서는 육상부였어."

"그럼 유카가 아빠를 닮은 거네요."

유카를 보니 아저씨와 시선을 마주하지 않으려고 고개를 숙이고 있지만 입가가 살짝 올라가 있었다. 이런 식으로 내가 중간 다리가 되어 셋이서 대화를 나누기만 했지 둘이 직접 대화를 나누진 않았다.

"그러면, 이제부터 어떻게 할까?"

아저씨가 손목시계를 보고 말했다.

"혹시 아직 시간 괜찮으면 어디 놀러 가지 않을래? 유원지라든가."

이런 매력적인 제안을 하다니.

"그래, 드리밍랜드는? 거기 가본 적 있니?"

드리밍랜드라고?

눈앞이 갑자기 확 트인 기분이었다. 그곳은 그야말로 꿈의 왕국이다. 가고 싶어, 가고 싶어, 가고 싶어! 아마 반에서(아니, 학년에서) 거기 안 가본 건 나뿐일 거다. 진짜? 진짜야? 갈 수 있어? 갈 수 있어? 오늘? 지금?

나도 모르게 마음을 담아 유카를 보았다. 부탁이야, 간다고 말해줘. 아무리 나라도 유카를 무시하고 가고 싶다는 소리는 못 한다. 아저씨를 보았다. 환하게 웃고 있다. 정말 데리고 가줄 거예요?

아마 나는 지금까지 살면서 가장 비굴한 표정을 지었을 것이다. 먹이를 앞에 두고 '기다려'를 하는 개처럼, 얌전하게 다리를 모았으나 기대감으로 펑 터질 듯이 눈을 반짝반짝 빛내며 주인님의 다음 말이 떨어지기를 기다리고 있었겠지. 내 얼굴에는 '가고 싶어요!'라는 커다란 문자가 또렷하게 새겨졌을 것이다.

"아니야, 됐어요. 황금연휴 때 갔어요. 이번 여름방학에도 갈 예정이니까."

유카가 냉랭하게 대답해서 나는 축 처졌다.

"그렇구나. 가족과?"

조금 날카로운 목소리로 아저씨가 물었다.

"응, 가족이랑."

유카가 그때만 힘을 주어 말했다. 드리밍랜드가 순식간에 멀어졌다. 다시 공기가 묵직해졌다. 꿈이 한순간에 허무하게 사라져서 완전히 기운이 빠졌다.

"저녁에는 집에 간다고 했으니까 늦으면 안 되고."

유카가 손으로 턱을 괴고 말했다.

"아아, 그렇구나. 그렇지. 드리밍랜드는 머니까. 지금부터 가면 너무 늦겠지. 내일 학교에도 가야 하니까."

아저씨가 조금은 안도한 표정을 지었다.

"그래도 아라카와유유랜드라면 괜찮아요. 여기서 가까우니까."

유카가 고개를 들고 말했다. 유카가 아저씨의 얼굴을 똑바로 본 것은 오늘 중에 지금이 처음일 것이다.

"아아, 아아. 아라카와유유랜드. 그래. 거기라면 여기에서 가깝고 지금 가도 충분히 놀 수 있어. 그래, 그렇게 하자꾸나. 하나도 거기 괜찮지?"

"어, 아, 네."

아라카와유유랜드는 구립 유원지로 동물원과 낚시터, 관람차, 일본에서 가장 느리다는 패밀리코스터('제트'나 '절규' 같은 수식어는 절대 붙지 않는다), 회전목마, 빙글빙글 커피 잔 같은 대중적인 놀이 기구가 있다. 그러나 대상은 기껏해야 초등학교 저학년 정도라서, 6학년인 우리는 가도 전혀 신나지 않을 것이다. 하지만 구립이라 입장료나 놀이 기구 요금이 놀랄 만큼 저렴해서 나도 어린이집에 다닐 때 엄마랑 같이 여러 번 간 적이 있다.

드리밍랜드가 아라카와유유랜드가 되다니.

비교조차 안 되지만 모처럼 일요일인데 집에서 뒹굴며 보내는 것보다는 낫다.

아라카와유유랜드는 생각보다 붐볐다. 역시 어린애를 데려온 가족 손님이 많았다. 잔디에 돗자리를 깔고 도시락을 먹는 가족도 있었다. 나도 엄마랑 왔을 때는 주먹밥을 잔뜩 싸 와서 문 여는 시간에 입장해서 문 닫는 시간까지 있었다.

드리밍랜드는 도시락 지참을 금지한다는 소리를 들은 적이 있다. 전에 엄마에게 그 얘기를 하자, "헉, 안에 있는 비싼 음식점에서 돈을 쓰게 하려는 속셈이구나? 그런 수법에 넘어갈까 봐? 그런 건 이쪽에서 거절합니다요" 하고 으르렁댔던 기억이 있다. 엄마와 나한테는 아라카와유유랜드 정도가 적당한지도 모른다.

그래도 역시 유원지에 오니까 기분이 들떴다. 셋이서 관람차를 탔다. "학교가 보일까?", "우리 집은 저쪽 방향이야" 하고 유카와 수다를 떨면서. 엄마가 오늘 기시마치 쪽에서 일한다고 했던 것이 떠올랐다. 여기에서 그리 멀지 않다. 위에서 일하는 모습이 보이면 좋을 텐데. 엄마가 놀라겠지? 이런 생각을 하니 즐거웠다.

하늘자전거는 2인승이어서 아빠랑 같이 타라고 했는데 유카가 괜찮다고 고집을 부려서 나와 둘이 탔다. 아저씨는 뒤에서 혼자 타고 따라왔는데 계속 싱글벙글 웃고 있었다.

패밀리코스터와 회전목마도 탔고 커피 잔은 셋이서 탔다. 아저씨가 이런 걸 안 좋아하는지 "너무 세게 돌리지 마"라고 했지만 유카랑 같이 있는 힘껏 핸들을 돌려 커피 잔이 격렬하게 회전했다. "아, 악, 악, 이러지 마!" 하고 비명을 지르는 아저씨를 보며 유카는 웃었다. 놀이 기구에서 내린 아저씨가 창백해진 안색으로 비틀비틀 걷는 걸 보니 미안했다.

아저씨가 벤치에서 잠깐 쉬겠다고 해서 우리는 동물원 안에 있는 체험 코너에 가서 염소한테 먹이를 주고 기니피그를 안아 보았다. 별로 기대하지 않았는데 막상 오니 생각보다 재미있었다.

잠시 후, 아저씨가 있는 벤치로 돌아가자 아저씨는 이제 괜찮아졌는지 "저거 탈래?" 하고 어딘가를 가리켰다. 조랑말 승마 체험의 안내였다. 유카가 고개를 저었다.

"왜? 지금은 줄 선 사람이 없어서 금방 탈 수 있어."

"저거 네 살부터 열 살까지라고 적혀 있잖아. 나 벌써 열두 살이에요."

아저씨가 순간 숨이 막힌 듯한 표정을 지었다.

"그렇구나. 벌써 열두 살이구나. 미안하다."

고개를 푹 숙이고 중얼거렸다.

"맞아, 그때부터 벌써 칠 년이나 지났어. 나는 계속 기다렸는데 한 번도 만나러 와주지 않았어. 그런데 지금 왜 왔어요?"

"미안하다, 유카. 정말 미안하다."

아저씨의 고개가 점점 더 꺾였다.

"이제 됐어. 아빠, 머리가 많이 하얘졌네. 커피 잔도 예전에는 아빠가 막 돌렸으면서. 내가 무서워서 꺅꺅 소리를 질렀는데. 그런데 지금은 아무렇지도 않아. 칠 년은 그런 거야."

"미안하다."

"이제 됐다니까요. 그보다 저기 가요."

유카가 가리킨 곳에는 원숭이 산이 있었다. 유카가 아저씨의 손을 잡았다.

"하나, 여기서 사진 찍어줄래?"

내게 스마트폰을 건넸다.

"여기 누르면 돼."

아저씨와 유카가 원숭이 산 앞에 섰다.

아, 생각났다. 이곳은 아저씨와 처음 만난 날 보여준 사진과 같은 장소였다. 원숭이 우리 앞에서 둘이 찍은 사진. 아저씨가 유카를 안고 있었다. 어디 동물원인지 궁금했는데 여기였구나.

"자, 찍습니다아!"

나는 스마트폰을 들었다. 그때와 달리 두 사람 사이에 거리가 벌어졌다. 유카도 많이 컸다.

"아아, 한 화면에 안 나와. 둘 다 좀 더 붙어봐요."

둘은 아주 조금 가까워졌다. 아직 사이가 벌어져 있었다. 뭐, 이 정도면 되나.

"자, 웃어요, 웃어."

둘 다 웃음이 어색했다. 한 장을 찍었는데,

"더 많이 찍어줘."

유카가 말해서 계속 찍었다. 그때마다 유카는 표정을 마구 바꿨다. 그 모습은 울음을 참는 것처럼 보였다. 아저씨도 무언가를 참는 듯이 입을 꾹 다물고 웃으려고 했지만 울며 웃는 것처럼 보였다. 그리고 둘의 그 얼굴은 정말 비슷했다.

폐관을 알리는 방송이 흘렀다. 아저씨가 역까지 데려다줘서 거기서 헤어졌다. 유카가 "그럼 또 만나"라고 말하자 아저씨는 몇 번이나 고개를 끄덕였다.

오후 다섯 시 반쯤 집에 도착했다. 엄마는 여섯 시가 넘어 돌아왔다.

"엄마 왔어. 지쳤다, 지쳤어."

엄마는 흙탕물을 빨아들인 낡은 걸레처럼 온몸이 지저분했다.

"샤워부터 하지? 밥은 나중에 먹어도 돼."

"그래? 그럼 그렇게 할게. 미안하다."

엄마는 목을 빙글빙글 돌리며 욕실로 갔다. 미안한 건 나다. 엄마는 점심으로 어제 먹다 남은 것을 싼(흰밥만 잔뜩인) 도시락을 먹을 때, 나는 레스토랑에서 맛있는 것을 먹었고(디저트까지), 엄마가 열심히 일하는 동안 유원지에서 놀았다(아라카와유유랜드였지만).

친구 집에 놀러 가서 뭔가 먹었으면 꼭 말하라는 소리를 매일 듣는데, 오늘만은 예외다. 오늘 일은 아무에게도 말하지 않겠다고 약속했다. 유카가 진짜 아빠와 만난 것을 유카 엄마가 알면 절대 안 되고, 어쩌면 지금 새아빠에게 상처를 줄지도 모른다. 그러니 반드시 비밀로 해야 한다.

"오늘 누구랑 놀다 왔댔지?"

엄마가 젖은 머리를 말리며 나왔다.

"으응, 유카랑 뭐."

"아하, 어디서?"

"아라카와 쪽?"

"그렇구나. 오늘 날씨 좋았으니까."

엄마는 더 캐묻지 않았다. 나도 거짓말은 하지 않았다(일단은).

미안해, 엄마. 그 대신에 나 집안일도 돕고 열심히 공부할 테니까, 하고 나 혼자 교환 조건 성립.

그날 밤, 이불을 덮고 오늘 있었던 일을 떠올렸다. 유카의 아빠, 맛있는 것을 사주고 드리밍랜드에 가자고 했으니까 부자일까? 언젠가 내 아빠도 부자가 되어서 우리 곁에 돌아와 줄까? 그런 이야기를 예전에 읽은 것 같다. 『소공녀』였나? 인생이 갑자기 대역전되는 거다. 그러면 셋이서 레스토랑에 가서 음료 무료 쿠폰이 없어도 좋아하는 것을 먹고 싶은 만큼 먹고 드리밍랜드에 가야지. 그래, 그날을 위해서 드리밍랜드는 아껴둬야겠다. 그런 상상을 하다가 잠이 들었다.

그로부터 사흘쯤 지난 저녁, 나는 엄마랑 텔레비전으로 뉴스를 보면서 밥을 먹고 있었다. 엄마는 뉴스 방송을 꽤 좋아한다. 그날의 다양한 정보를 접하며 화를 내고 감탄하고 울기도 한다. 오늘도 공공요금 상승에 분노하고 장수 노인 건강법에 고개를 끄덕이고, 아동 학대 뉴스에 눈물을 글썽였다. 그리고 화면이 바뀌더니 이런 뉴스가 떴다.

"회사의 운영 자금을 사사로이 횡령한 혐의로 경리 담당 직원이었던 남성이 체포되었습니다. 용의자 다카이 신이치 씨는 마흔아홉 살로, 무직이며 거주지는 확인되지 않았습니다. 어젯밤 외국으로 도피하려다가 공항에 잠복한 조사원에 의해 신병이 확보되어 업무상 횡령죄로 체포되었습니다. 횡령액은 팔천만 엔 이상으로 추정되며, 용의자는 경찰 조사에서 빚 변제와 음식비, 유흥비로 썼다고 진술했습니다."

"헉, 남의 돈으로 먹고 마셨다는 거네? 직접 번 돈이 아니니까 물 쓰듯이 써도 하나도 아깝지 않았겠지. 아주 즐거웠겠어. 그렇게 놀고 싶으면 직접 돈을 벌란 말이야. 천벌이 내릴 거다, 멍청하긴."

엄마가 화면을 보며 화를 내서 무심히 그쪽을 보았다가 깜짝 놀랐다. 먹고 있던 돼지고기 생강 구이를 입에서 뱉을 뻔했다.

화면에 나온 것은 유카의 아빠였다. 덥수룩하게 수염을 기르고 지친 표정이었지만 틀림없다. 경찰관에게 두 팔을 붙들린 채 몸을 굽히고 연행되는 모습이 나왔다.

서, 설마, 유카 아빠가? 말도 안 돼, 어떻게 그럴 수 있지?

회삿돈을 사사로이 쓰다. 업무상 횡령. 외국 도피. 용의자.
체포. 조사.

지금까지도 자주 들었던 단어인데 이번에는 그 하나하나
가 명치 근처에 무겁게 내려앉았다. 아저씨의 다정한 미소가
떠올랐다. 성실해 보여서 그런 짓을 할 사람 같지 않았는데.
범죄자의 이웃 주민들이 사람 됨됨이를 말하며 툭하면 하는
소리지만 아저씨는 정말로 그렇게 보였다. 일 때문에 외국으
로 나가게 되어서 한동안 돌아오지 못한다고 했는데 그게 이
거였나. 외국으로 도주. 아저씨, 육상을 했댔는데 이번 도주는
실패했네요. 뭐야, 나 지금 되게 멋있는 소리를 한 것 같아.
아니, 웃을 일이 아닌데. 머릿속이 혼란스러웠다.

아, 잠깐만. 방금 돈을 빚 변제와 음식비, 유흥비로 썼다고
했지? 음식비? 유흥비? 어, 어쩌지, 호, 호, 혹시 그때 내가 먹
은 사과 주스랑 마카로니 그라탱, 푸딩 아 라 모드의 돈도 거
기서 나온 건가? 아라카와유유랜드의 입장료와 놀이 기구 비
용도? 드리밍랜드가 아니어서 그나마 다행인가? 드리밍랜드
가 훨씬 더 비싸니까 분명 죄도 더 무거울 것이다. 아니, 금액
문제가 아니다. 아라카와유유랜드가 아무리 싸더라도 횡령한
돈으로 놀면 안 되는 거다. 어쩌지, 설마 우리도 죄를 지은 건
가? 크, 큰일 났다. 유카는 음료만 마셨지만 나는 그라탱에 푸

딩까지 먹어치웠는데. 하지만 이미 소화됐으니까 증거는 없다. 아, 아라카와유유랜드의 입장권이랑 팸플릿이 그날 들고 갔던 가방 안에 들어 있지. 당장 처분해야겠다. 증거 인멸. 앗, 그런 짓을 하면 죄가 더 커지나?

"아, 그렇지. 오늘 집주인 아줌마가 콩 찹쌀떡을 주셨어. 곤겐자카에 있는 화과자 가게 거야. 제법 인기 있어서 계속 품절된 적도 있었대. 먹을 거지?"

엄마가 일어났다.

"아니, 나 오늘은 괜찮아."

"응? 왜? 찹쌀떡 좋아하잖아?"

"그냥, 오늘은 가슴이 꽉 찬 기분이라서."

죄의식으로 꽉 찼다고는 말 못 한다.

"꼬맹이가 무슨 가슴앓이야? 뭐, 그래. 억지로 먹을 필요는 없지. 그럼 엄마가 다 먹어버려야지. 오늘 안에 먹으라고 적혀 있으니까 내일 먹고 싶다고 해도 그땐 없다?"

입가에 가루를 묻혀가면서 콩 찹쌀떡을 먹는 엄마를 보며 속 편해서 좋겠다고 생각했다.

목욕하기 전에 책장에 꽂힌 채 단 한 번도 펴본 적 없는 『기타구의 아유미』라는 학교에서 받은(재미라고는 전혀 없어 보이는) 책 사이에 입장권과 팸플릿을 일단 끼워두었다. 버리는

것도 왠지 켕겨서. 지금까지 아무 의미 없던 책의 존재감이
갑자기 무겁게 느껴졌다.

다음 날, 학교에 가자 유카가 곧바로 우리 반으로 왔다.

"오늘 동아리 활동하는 날은 아닌데 같이 집에 갈 수 있
어?"

긴장한(것처럼 보이는) 미소를 지으며 물었다.

"으, 응. 그래."

간신히 대답했지만 내 얼굴도 굳었을 것이다.

수업을 마치고 교문 앞에서 만난 우리는 말없이 한참이나
걸었다.

"저기, 뉴스 봤어?"

유카가 나를 보지 않고 물었다.

"응, 일단은."

"이거 줄게."

유카가 치마 주머니에서 꺼낸 손을 펼쳤다. 여자애들한테
인기가 있는 '홋페짱'이라는 캐릭터의 배지였다. 비닐에 든
새것이었다.

"어? 왜?"

"준다니까."

유카는 배지를 내 손에 밀어 넣었다. 나는 당황해서 어쩔

줄 몰랐다.

"그러니까 아무한테도 말하면 안 돼. 그거."

유카가 나를 바라보며 말했다. 잔뜩 겁을 먹고 매달리는 듯한 눈빛이었다. 아아, 유카는 내가 그 일을 말하지 않을까 걱정하고 있었다. 배지는 입을 다물어달라는 뇌물이다.

"절대로 말 안 해. 나 그런 짓은 안 해."

"정말로?"

가냘픈 목소리로 묻는다.

"당연하지. 왜냐하면 우리 아빠도 비슷하거든."

"어? 너희 아빠도 나쁜 짓을 한 사람이야?"

"응, 십중팔구."

"지금 뭐 하는데? 붙잡혀서 교도소? 아니면 아직 도망 중이야?"

"글쎄, 자세한 건 잘 몰라. 엄마가 아빠 얘기는 전혀 안 하려고 하고, 우리 집에서 아빠는 금기어야."

"그렇구나."

"응, 그러니까 이거 안 줘도 돼. 괜찮아, 아무한테도 말 안 할 테니까."

배지를 돌려주려고 하자,

"에이, 괜찮아. 그건 가져."

"하지만."

"그래, 하나, 곧 생일이지? 그러니까 생일 선물이야."

유카가 생긋 웃었다. 사실 홋페짱 액세서리는 예전부터 갖고 싶었다.

"그래도 아빠가 비슷한 사람인 하나여서 다행이다. 우리 아빠를 만나게 해준 사람 말이야. 다른 애였으면 큰일이었겠지. 불행 중 다행이야."

"그, 그런가?"

마음이 복잡했지만 유카가 안심한 표정이어서 나도 다행이었다.

"이건 우리 둘만의 비밀이야."

유카가 목소리를 낮춰 속삭였다.

"물론이야."

진지하게 고개를 끄덕였다.

"무덤까지 가지고 가야 해."

"무덤. 왠지 무섭다."

"얼마 전에 서스펜스 드라마를 봤는데 그렇게 말하더라. 죽을 때까지, 아니, 죽어서도 아무에게도 말하지 않겠다는 뜻이래."

"나도 알아."

"아아, 그래도 이럴 줄 알았으면 그때 역시 드리밍랜드에 갈 걸 그랬다. 앞으로 못 만날 줄 알았으면. 마지막 추억이 아라카와유유랜드라니 너무 보잘것없어."

유카가 농담처럼 말하더니 혀를 내밀고 헤헤 웃었다. 울고 싶은데 꾹 참는 표정처럼 보였다.

그건 모르는 일이야, 또 언젠가 만날 수 있어. 이렇게 간단히 말할 수는 없다. 만약 죗값을 치르고 교도소에서 나오더라도 아저씨는 다시는 유카를 만나러 오지 않을 것이다. 국내에서 붙잡히든 외국으로 도망치는 데 성공했든, 유카와 두 번 다시 만나지 못한다는 것을 그날 아저씨만은 알고 있었다. 유카는 헤어지면서 "그럼 또 봐"라고 말했다. 아저씨는 대체 어떤 심정으로 그 말을 들었을까?

그래도 유카와 아저씨가 먼 훗날 어디선가 다시 만나면 좋겠다고 바랐다.

나는 어떨까? '먼 훗날 어디선가'가 나에게도 과연 있을까?

유카가 갑자기 걸음을 멈췄다. 경찰서 앞이었다. 입구에 길쭉한 나무 봉을 든 경찰관이 위협적인 표정으로 서 있었다. 늘 오가는 통학로. 몇천 번은 지났을 길. 경찰관이 서 있는 것도 늘 똑같다. 그런데, 경찰관이 손에 든 길쭉한 나무 봉이 눈에 띄었다. 저걸 곤봉이라고 부르던가? 사회 과목 견학 때 배웠다. 경찰봉보다 길다. 나쁜 사람을 해치우기 위한 봉. 나와 유카의 아빠는 저것에 쫓기는 인간이다. 그렇게 생각하니 몸이 굳었다. 경찰관이 힐끔 이쪽을 보았다. 유카가 순간 움찔했다.

"뛰자."

유카가 그 말과 동시에 뛰기 시작했다. 나도 뒤를 쫓아 달렸다. 경찰관이 이쪽을 보는 것 같았지만 애써 외면하며 열심히 달렸다. 경찰서가 보이지 않는 곳까지 어떻게든 왔다. 둘 다 숨을 헐떡였다. 유카의 뺨에 땀이 반짝였다. 누가 먼저라 할 것 없이 웃음을 터뜨렸다. 웃긴 게 하나도 없는데 웃지 않고는 못 배겼다.

그날 밤, 저녁을 먹고 엄마는 누워서 「그리운 대중가요」라는 특별 방송을 봤다. 곡조나 가사가 들어본 것도 같고 아닌 것도 같은 오래된 노래들이었는데 엄마는 아는 노래가 나오면 드문드문 따라 불렀다. 화면에는 기모노를 입은 여자가 엔카〔일본의 대중가요. 트로트와 비슷한데 일본인 특유의 정서가 배어 있다—옮긴이〕 같은 노래를 부르고 있었다. 도중에 대사도 들어가는 노랜데 나는 처음 들었다. 「瞼の母(마부타노하하)」라는 제목이었는데 나는 읽을 줄 모르는 한자가 있어서 엄마에게 물어보았다.

"저 한자는 '마부타(瞼)'라고 읽어. 제목의 뜻은 눈꺼풀 속 엄마."

"그게 무슨 뜻이야?"

"엄마가 돌아가셨거나 멀리 떨어져 살아서 만나지는 못하지만 눈을 감으면 기억 속의 모습이나 꿈에서 본 모습이 선명하게 떠오른다는 뜻이야."

"아하."

눈을 감아보았다. 무리인 줄 알면서도 아빠의 모습을 찾았다. 미키의 아빠나 영정 사진으로 본 나카노의 아빠, 유카의 아빠, 집주인 아줌마의 남편, 나중에는 기도 선생님의 얼굴까지 차례차례 떠올랐지만 모두 우리 아빠의 모습은 아니다.

유카는 눈꺼풀 속 아빠를 떠올릴 수 있으니까 다행이다. 나에게는 그런 모습조차 없다.

눈을 뜨자 엄마가 나를 가만히 바라보고 있었다.

"하나, 아빠에 대해서 알고 싶니?"

엄마가 차분한 목소리로 물었다. 눈동자가 동굴처럼 어두웠다. 엄마의 이런 눈빛을 이따금 봤는데, 나는 그때마다 겁을 잔뜩 집어먹는다.

"아니야, 괜찮아. 지금은."

그렇게 대답하고 시선을 피했다. "그래?" 엄마는 짧게 대답하고 다시 텔레비전 화면으로 고개를 돌렸다. 이럴 때면 엄마가 바로 옆에 있는데도 외톨이 같다는 생각이 든다. 엄마도 외톨이다.

엄마는 아빠 얘기는 물론이고 자기의 옛날이야기도 전혀 해주지 않는다. 마치 과거가 없는 사람처럼. 마리에는 자기 엄마가 툭하면 엄마가 어렸을 때는 이랬다느니, 엄마의 학창 시절에는 이랬다느니 옛날이야기를 끌고 와서 비교하니까 짜증이 난다고 했다. "어른들은 왜 옛날이야기를 좋아할까?"라고 궁금해했다.

유카는 오늘 이번 일을 무덤까지 가지고 가자고 했다. 엄마의 부모님이 돌아가셨다면 그 무덤은 어디에 있을까? 나는 한 번도 성묘하러 간 적이 없다. 사실은 아빠 이야기뿐만 아니라 물어보고 싶은 게 산더미처럼 많다.

그러나 그때마다 기도 선생님이 해준 말을 떠올린다.

"사람은 누구나 남에게 말하고 싶지 않은 것이 있습니다. 그 사람이 하기 싫어하는 말을 억지로 끌어내는 것은 좋지 않아요. 진실을 전부 아는 것이 꼭 좋다고 할 수도 없고 그럴 필요도 없습니다. 그리고 알아버리면 알기 전으로 돌아가지 못하니까요."

엄마는 어느새 잠이 들었다. 피곤하겠지. 텔레비전을 끄고 옆방에서 담요를 가져와 덮어주었다. 설거지를 마친 식기도 정리했다.

부엌 구석에 작은 찻장이 놓여 있다. 사방의 칠이 벗겨진 합판 찻장인데, 어느 집 마당에 '필요하시면 자유롭게 쓰세요'라는 종이를 붙여서 내놓은 것을 엄마와 내가 집주인 아줌마에게 수레를 빌려 가져왔다.

집 앞에서 걸레로 찻장을 닦는데 아줌마가 와서 "어머, 아직 한참은 더 쓸 수 있겠네. 자기, 좋은 걸 찾았네. 80년대 복고풍 같아서 원숙한 맛도 나고, 말로 표현하기 어려운 분위기야" 하고 듣기 좋은 소리를 해줬고, 엄마 역시 "친환경 재활용이에요"라며 기분 좋게 대답했다.

빈 그릇과 접시를 정리하며 기도 선생님이 했던 말을 또 떠올렸다. '장식장 안의 해골'. 어느 집이나 비밀로 해두고 싶은 것이 있다. 우리 집에 장식장이라고 부를 만한 훌륭한 것은 없지만, 이 찻장은 쓰기도 편하고 둘이 사는 집에 딱 적당하다.

유카네 집의 장식장은 어떤 걸까? 넓은 단독주택이니까 장식장도 멋지겠지? 그래도 그 안에는 해골이 있다.

우리 집은?

엄마가 으음 하고 뒤척였다. 밤에 녹아들 듯이 비가 고요
하게 내리기 시작했다. 비에 젖은 풀 냄새가 났다.

우리 집 해골은 이 찻장으로는 다 담지 못할 수도 있다.

그렇게 생각하며 찻장의 미닫이를 닫았다.

꽃도

열매도

있다

엄마는 꽃도 있고 열매도 있는 명(名)과 실(實)을 겸비한 인생을 살라는 바람을 담아 내 이름을 지었다고 했다. 그래서 하나미(花実)다. 앞뒤를 바꿔서 미카(実花)라고 지었으면 귀여웠을 텐데. 초등학교 저학년 때는 남자애들이 '꽃놀이, 꽃놀이'라고 놀렸다(꽃놀이를 일본어로 '오하나미(お花見)'라고 한다―옮긴이). 그런데 이건 남이 묻거나 학교에서 이름의 뜻을 조사해 오라는 숙제를 냈을 때를 위한 공식적인 에피소드이고, 사실은 '죽은 후에 꽃이 피고 열매가 맺히겠는가'라는 말에서 따왔다고 한다. 그런데 어린애 이름에 '죽은 후에'라는 문장이 들어가는 것은 아무리 엄마라도 좋지 않다고 판단했나 보다. 그래서 '꽃도 열매도 있다'가 내 이름의 뜻이 되었다.

'죽은 후에 꽃과 열매 어쩌고'가 어떤 의미인지 물었더니, 엄마는 "어쨌든 살아 있으라는 소리야"라고 대답했다. 대체 상황이 어땠기에 딸한테 이런 이름을 붙였을까? 우리 반 여자애들처럼 엄마가 성악을 배웠다는 이유로 아리아, 천사라는 뜻의 프랑스어에서 유래한 앙쥬, 햐쿠닌잇슈(백 명의 가인(歌人)이 지은 노래를 한 수씩 모은 전집―옮긴이)에서 따온 와카나 같은 이름과 비교하면 긴박감이 지나치다.

내가 태어났을 때, 우리 아빠는 이미 없었다. 일단 죽은 것으로 되어 있는데 이게 좀 불분명하다. 이에 관해서 엄마는

절대 입을 열지 않으니까 알 수가 없다. 엄마가 말하기 싫어
한다는 것은 들으면 후회할 이야기라는 거겠지?

엄마는 남편은 물론이고 부모님, 형제자매, 친척도 없어서
혼자 병원에 가서 나를 낳았다. 힘들었겠다고 말하자 엄마는
"너는 병원에서 태어났으니 감지덕지지"라고 대답했다.

"엄마는 어디에서 태어났는데? 조산원? 옛날이니까 혹시
집에서?"

"그러면 나았겠다."

그런 곳이 아니라면 대체 어디에서 태어났을까? 내가 묻
자 "지옥이야, 지옥"이라고 대답하고는 헤헤헤 웃었다.

보통은 단순한 농담(별로 재미있지 않지만)으로 끝날 얘기지
만 엄마니까 '혹시 진짠가?' 하고 생각하게 된다. 엄마는 자기
출생이나 과거에 대해 어지간해서는 말하지 않는데, 아무래
도 고아인 것 같다.

엄마는 공사 현장에서 일한다. 도로포장이나 집을 해체하
는 일도 한다. 여자 직원은 엄마 말고 없다. 굉장한 중노동이
기 때문이다. 그 일을 언제부터 했는지, 다른 일을 한 적은 없
는지 전혀 모른다. 나와 제일 가까우면서도 알쏭달쏭한 사람
이다.

그래도 같이 살다 보니 소소한 부분에서 언뜻 보이는 것

이 있다. 우선 먹을 것에 한해서는 먹보나 식탐 수준을 넘어 이상할 정도로 집착이 강하다. 엄마를 보고 있으면 먹는 게 곧 사는 것이라고 절절하게 느낀다. 어쨌든 뭐든 잘 먹는다. 그런데 체질인지 비쩍 말랐다.

소화력이 유난히 강한지 먹어도 금방 배가 비워져서, 헝그리 정신이라는 비유적인 표현을 직접적으로 보여주며 늘 배고파한다. 말 그대로 리얼하게 헝그리다. 굶주린 늑대라고 표현하면 멋있을 텐데, 엄마는 꼬르륵거리는 배를 안고 먹이를 찾아다니는 들개 같다.

뭘 먹어도 맛있어하는데 그중에서도 떡을 좋아해서, 정월은 물론이고 일 년 내내 즐겨 먹는다. 그것도 아주 과할 정도로 감사해하면서. 엄마의 말에 따르면, 떡은 신이 드시는 음식이어서 먹으면 살아갈 힘이 솟구친다고 한다. 나는 별로 이렇다 할 맛이 나지 않는 떡을 좋아하지도 싫어하지도 않는데, 엄마는 앙금이나 콩가루, 때로는 마가린이나 설탕을 잔뜩 올려서 맛있게 먹는다. 열량이 터무니없이 높을 텐데 살이 하나도 찌지 않으니 신기하다. 아무리 몸을 쓰는 일을 한다지만. 자신도 조금은 살이 찌고 싶은지 길에서 살찐 사람을 보면 "좋겠다. 맛있는 걸 많이 먹겠지? 편하게 사나 봐"라고, 비꼬는 게 아니라 진심을 담아 부러워한다.

친구 마리에의 엄마는 중년이 되자 살이 잘 붙는 체질로 변했다고 조심한다는데, 취미가 유명 맛집 탐방이다 보니 살이 불어나서 에스테틱의 다이어트 코스를 이용한다고 들었다. 엄마에게 그 얘기를 하자, "돈을 들여서 찌고 돈을 들여서 살을 빼네. 그것도 고생이다. 그건 그렇고 마리에네 엄마는 품위 있어 보였는데 길거리에서 뭘 먹으면서 돌아다니는 구나? 별로 고상하다곤 못 하겠다"라며 키득키득 웃었다. 아무래도 '맛집 탐방'을 '길거리에서 돌아다니며 먹기'라고 이해했나 본데 엄마가 즐거워 보여서 굳이 정정하지 않았다.

따지고 보면 엄마는 길에서 먹는 것 이상의 짓을 한다. 정말이지 그만뒀으면 좋겠고 남한테 말하기도 꺼려지는데, 엄마는 주운 것을 먹는다. 아주 가끔 길에 사탕이나 과자가 떨어져 있을 때가 있다. 엄마는 그걸 그냥 지나치지 못한다. 반드시 줍는다. 물론 포장지가 벗겨져서 개미 떼가 모였거나 먹은 흔적이 확실하게 있는 것은 건드리지 않지만 포장된 것은 반드시 줍는다. 그리고 먹는다. 너무 위험하니까 제발 하지 말라고 부탁하는데 엄마는 진심 어린 눈으로 말했다.

"음식을 함부로 여겼다가 다음 생에 태어났을 때 먹을 게 없어서 아사하는 꼴이 될지도 모르잖니. 그리고 만약 지금 이 사탕을 안 주웠다고 해보자. 그랬다가 나중에 조난을 당하거나 누군가에게 납치되어서 먹을 것이 없는 상황이 되면 반드시 오늘 이 순간의 사탕을 떠올릴 거야. 아아, 그때 그 사탕이 지금 있으면 좋겠다고 후회하겠지. 그러기 싫으니까 지금 줍는 거야."

이렇게 절대로 있을 리 없는 상황을 꾸며낸다.

"그래도 나 걱정된단 말이야. 그런 걸 주워서 먹었다가 죽었다는 얘기, 예전에 들은 적 있어."

"그건 괜찮아. 어디 구멍이 뚫렸는지 잘 살펴보니까."

"알아차리지 못하도록 독을 발라서 다시 봉지를 부풀려놓거나 했으면 어떡해?"

"음, 그런 일이 절대 없는 건 아니겠지만 그래도 이 쿠키는 어제 성 루르드 학원 유치원 앞에서 주웠는데."

엄마는 대각선으로 메고 있던 애용하는 주머니에서 작은 쿠키 봉지를 꺼냈다. 컨트리마미라는 프리미엄 브랜드니까 보통 먹는 것보다 비싼 쿠키다. 마리에의 집에 놀러 가서 먹어본 적이 있다.

성 루르드 학원 유치원은 대학교까지 곧바로 진학할 수 있는 재단 학교의 부속 유치원으로, 이 지역에서는 경제적으로 여유가 있는 집 아이들이 다닌다.

"그 유치원 앞에 떨어져 있다는 건 애를 데리러 온 학부모의 가방에서 떨어졌을 확률이 매우 높아. 그러니까 괜찮아."

어쨌든 엄마 나름대로 안전 기준이 있는 것 같다.

성 루르드 학원 유치원에 애를 데리러 가는 엄마들의 우아한 모습을 떠올렸다. 모두 고급스러운 남색 계통의 옷을 입고 화장도 꼼꼼히 했으며 머리카락엔 부드럽게 컬을 넣고 높이가 적당한 구두를 신는다. 세수도 하지 않고 머리도 감지 않고(일 때문에 어차피 지저분해진다는 구실로) 색이 칙칙한 작업복을 입고 나를 자전거에 태워 날아가듯이 어린이집에 데려다주고 또 데리러 오던 엄마와는 완전히 다르다. 서로 다른 시간을 살아가는 것 같다. 성 루르드 학원의 학부모들은 다 같이 세트로 맞췄는지 똑같은 남색 보조가방을 들고 있는데, 그 안에 마실 것이나 간식 따위를 넣어두는 것 같았다. 거기에서 떨어졌다면 안심할 수 있다는 주장인가. 아무리 그래도 좀 아니다.

"아니야, 이건 엄마니까 괜찮은 거야. 다른 사람한테는 추천 안 해. 특히 미래가 있는 어린이는 안 돼. 절대로 흉내 내면 안 된다. 그래도 엄마는 괜찮아. 바퀴벌레가 쓰레기를 먹어도 안 죽는 거랑 같아."

이런 주장을 펼쳤다. 자기를 바퀴벌레와 동급으로 말하는 엄마라니, 대단한 건지 대단하지 않은 건지 모르겠다.

내가 여전히 미간을 찌푸리고 있자 엄마가 설명했다.

"한 번이라도 극도로 굶주려본 인간은 이렇게 돼. 굶주림은 인간의 모든 것을 빼앗거든. 무슨 말을 듣고 무엇을 보더라도 먹을 것 말고는 다른 생각을 못 해. 굶주림은 인간에게서 인간다움을 빼앗고 이성을 지배해서 인간이 아니게 만들어버려. 굶주림으로 뭉친 거대한 덩어리처럼 되어버려."

나는 기도 선생님이 국어 시간에 한 말을 떠올렸다. 교과서에 '시장하다'라는 말이 나왔을 때다.

"시장하다는 말은 공복이어서 먹을 것을 원한다, 배가 몹시 고프다는 뜻입니다. 전쟁 중에는 결식 아동이라는 말도 있었는데, 어른이나 아이나 할 것 없이 시장한 사람이 정말 많았습니다. 먹을 것이 워낙 풍부해서 포식의 시대라고 불리는 오늘날은 그다지 쓰이지 않는 말이지요."

아무리 엄마라도 전쟁 중에 태어났을 리가 없는데, 대체 어쩌다가 그렇게 굶주렸을까.

나는 그때 어떤 발상에 도달했다. 부모나 형제자매, 친척이 하나도 없는 점, 예전에 심각하게 굶주린 경험이 있는 점…. 어쩌면 엄마는 전쟁 때, 혹은 대기근이었던 에도 시대에서 타임 슬립한 사람이 아닐까? 혹은 식량 사정이 좋지 않은 외국에서 도망쳐 온 사람이라거나. 이런 사람을 망명자라고 한다지, 아마. 요즘도 기아로 허덕이는 나라에서는 나무껍질을 벗겨 먹거나 풀이나 벌레를 먹기도 하고, 길에 아사한 사람이 널려 있다고 들었다.

둘 다 현실성은 없는데, 그래도 가능성이 좀 있는 것은 망명자 쪽일지도 모른다.

"엄마, 혹시 망명자야?"

"응? 망둥이? 그게 무슨 소리야?"

"외국에서 도망쳐 온 사람 말이야."

"설마. 순수 토종 일본인이야. 태어나서 지금까지 일본밖으로 나가본 적이 없는데."

뭐, 그렇겠지.

"그래도 외국에서 왔다면 그 나라 말을 할 수 있겠다. 일본어 포함 2개 국어. 엄마한테 그런 특기가 있다면 지금쯤 언어를 살려서 한바탕 벌었을 텐데."

2개 국어가 어떻게 '한바탕 벌기'로 이어지는지 모르겠지만, 이 말은 '본전 뽑기'나 '사려면 비싸다'와 함께 엄마가 좋아하는 말 중 하나다.

"이상한 소리를 다 하네. 망명자라니. 엄마는 망둥이 같은 거보단 대구포가 좋아. 아아, 대구포 먹고 싶다."

엄마는 타임 슬립한 사람이나 망명자보다는 아귀에 썰 사람에 가장 가까운지도 모르겠다.

이렇게 천애 고독한 엄마지만 어릴 적 먼 친척 집에 잠깐 몸을 의탁한 적이 있다고 했다. 장래에 하고 싶은 일에 관해 조사하라는 숙제를 할 때 들었다. 그때 나는 구체적으로 하고 싶은 일이 없었기에 참고하려고 엄마에게 물어보았다.

"엄마는 어렸을 때 뭐가 되고 싶었어?"

"어, 어렸을 때? 뭐였더라. 음, 기억이 잘 안 나네. 아아, 그래. 닷짱이 되고 싶었어."

"어? 그게 누구야?"

"예전에, 지금 너보다 어렸을 때 나가노의 먼 친척 집에 잠깐 맡겨진 적이 있는데 거기가 깊은 산속 시골이었어. 동네 절에 닷짱이라는 남자가 살았는데, 애칭으로 불렸지만 다 큰 어른이었어. 성묘하러 온 사람이 바친 과자나 과일, 음료를 우리 같은 애들은 절대 손을 대면 안 되는데 그 닷짱만은 먹어도 괜찮다고 하더라. 닷짱의 역할이 그런 걸 먹는 거래. 성묘를 오는 사람은 조상에게 바치는 거니까 화과자든 비스킷이든 평소 먹는 것보다 좀 더 좋은 걸 가지고 오잖아. 그걸 얼마나 먹고 싶었는지 몰라. 두꺼운 월병이나 초콜릿이 뿌려진 쿠키나 건포도가 담뿍 든 파운드케이크 같은 거. 그런데 먹어도 되는 사람은 닷짱뿐이었어. 부러워서 죽는 줄 알았지. 어른이 되면 닷짱이 되고 싶다고 얼마나 생각했는지 몰라."

"그, 그게 제대로 된 직업이야?"

"그건 모르지? 절에서 잡일을 한 것 같은데, 약간 얼간이 같은 사람이어서 잡일을 해주는 몫으로 절에 머무르는 것 같았어."

엄마는 그런 사람을 동경했단 말이야? 그건 그렇고 이렇게 나오는 추억담도 먹을 것과 연관되어 굶주림이 느껴지다니, 마리에의 엄마가 예전에 들려준 어린 시절의 이야기와 전혀 달랐다.

"우리가 어렸을 때는 볕을 많이 볼수록 건강해지니까 여름에 잔뜩 태우면 겨울 감기에 안 걸린다는 말이 있었단다. 그래서 여름에 구게누마 해안의 별장에 갔을 때 매일 바다에 가서 오빠랑 경쟁하듯이 몸을 태웠어. 누가 더 새까맣게 태웠는지 경쟁했지. 자외선이고 뭐고 하나도 신경 안 썼고. 지금 생각하면 말도 안 된다니까."

마리에의 엄마는 이런 이야기를 들려주며 호호호 웃었다. 우리 엄마의 어린 시절 이야기에는 이런 흐뭇함이나 향수가 없다.

또 존경하는 사람을 주제로 작문하라는 숙제가 나왔을 때 이런 일이 있었다. 얼른 떠오르지 않아서 일단 엄마에게 물어

보았다.

"존경하는 사람?"

"응, 엄마가 '이 사람은 대단하다'라고 생각하는 사람."

"아아, 그거라면 미즈타 육교 아래에 사는 노숙자 아저씨."

"어?"

"그 아저씨, 대단하다? 하나미가 태어나기 전부터 쭉 있었어. 집주인 아줌마가 그러는데, 벌써 이십 년이나 거기에 산다지 뭐야."

그 사람이라면 나도 안다. 자주 놀러 가는 공원 근처에 미즈타 육교가 있으니까. 빗이 들어가지 않을 만큼 헝클어진 머리카락과 두껍고 딱딱해 보이는 검붉은 피부에 뒤덮인 얼굴, 구겨진 상의에 기름때가 낀 바지. 육교 계단 아래에 상자를 깔아놓고 맨날 거기에 앉아 있다. 주위에는 꾸깃꾸깃한 종이 봉투나 슈퍼의 비닐봉지가 잔뜩 쌓여 있다. 어디에서 구해왔는지 가끔 편의점 도시락을 걸신들린 것처럼 먹는다.

"그, 그 사람의 어떤 면을 존경하는데?"

"그야 이십 년 넘게 혼자 그렇게 살잖아? 다른 사람과 관계도 맺지 않고 지나다니는 사람들의 시선을 견디면서 뭘 하지도 않고 그냥 멍하니 앉아 있어. 이불에 누워 손발을 펴지도 않고, 기온이 사십 도에 육박하는 실외에서 열사병에 걸리지도 않고, 눈이 잔뜩 내려서 얼어 죽을 것 같은 아침에도 동사하지 않잖아. 예방주사도 맞지 않았는데 독감에도 안 걸리고 음식물 찌꺼기를 먹어치우는데 식중독에도 안 걸려. 신주쿠 주변처럼 노숙자 동료가 있는 것도 아니고 계속, 줄곧 혼자야. 상상도 못 할 고독이지. 평범한 사람은 그런 환경에서 열흘도 못 버틸 거야. 먼저 정신이 이상해지고 몸도 망가질 테지. 그러니까 그 아저씨는 정신적으로도 육체적으로도 정말 단단한 사람이야. 극한과 극서에서 살아남는 강인한 신체와 강철 같은 정신력을 겸비한 사람이지. 엄마도 그 아저씨한테는 못 이겨. 눈이 많이 내린 밤이나, 살을 에는 찬바람이 하룻밤 내내 불어서 영하로 온도가 떨어지는 밤이면 엄마는 그 아저씨를 생각해. 이 정도 추위면 동사하고도 남겠다 싶은데도 멀쩡하게 살아 있다니까. 대단하지 않니? 엄마는 말이야, 추워서 깼다가 다시 잠들지 못하는 겨울밤이면 나란 인간이 정말 약해빠졌다는 생각이 들더라. 실내에 있으면서 춥다니. 그 아저씨는 정말 대단해. 대단한 분이야."

"으, 으응."

농담이 아니라 진심으로 그렇게 생각하는 것 같았다. 그런데 왜 엄마가 말하는 사람은 닷짱이나 미즈타 육교의 노숙자처럼 이리도 아슬아슬한 사람들뿐일까?

엄마의 취미는 신문 읽기다. 좀 의외인데, 매일 신문을 읽는다. 다른 사람도 아니고 엄마니까, 신문 구독료의 본전을 뽑으려고 열심히 읽는 줄 알았는데 그건 아닌 모양이다.

"지금 와서 학력을 만들 순 없지만 교양은 언제라도 익힐 수 있으니까."

조금 으스대는 표정으로 말했다.

아하, 으흠, 하고 고개를 끄덕이며 구석구석 열심히 읽는다. 엄마는 신문을 절대적으로 신뢰한다.

"그야 당연하지. 신문사는 일본에서 들어가기 어려운 대학에서도 아주 좋은 성적을 받았던 사람들만 들어가는 곳이니까. 그런 사람들이 틀린 소리를 쓸 리가 없잖아."

그러나 나는 그 의견에 순순히 고개를 끄덕이지 못한다. 기도 선생님이 사회 시간에 이렇게 말했다.

"신문도 때로는 틀리기도 합니다. 전부 곧이곧대로 믿으면 안 돼요. 신문을 의심하는 시선을 갖추고 자신만의 생각을 일궈나가는 것이 중요합니다."

이 얘기를 해주려다가 그만두었다. 뭐가 됐든 마음을 의지할 곳이 있다면 좋으니까.

엄마가 신문을 읽다가 묘하게 숙연해질 때가 있다. 아동이 학대를 받아 죽었다는 기사가 실릴 때다. 느릿느릿 시드는 것처럼 이상하게 얌전해진다. 그럴 때면 왕성한 식욕도 조금은 떨어질 정도다.

그러고 있다가 서랍에서 동네 신용금고에서 받은 수첩을 꺼내 몽당연필로 뭔가 적는다. 엄마가 뭔가 적다니, 학교 연락장 이외에는 거의 글을 쓰지 않는 사람이라 신기해서 들여다보았더니 후다닥 감췄다. 괜히 더 궁금해서 집요하게 캐물었더니 떨떠름하게 수첩을 펼쳤다. 거기에는 마쓰키 미호(3세), 무라카미 요타(5세), 아라이 가즈키(1세 7개월) 등 이름과 나이가 적혀 있었다.

"이, 이게 뭐야?"

"이건 부모에게 학대당해 죽은 아이들 이름이야."

그 말을 듣고 당황했다.

"그런 걸 왜 적어두는데?"

소름이 끼쳐서 되물었다.

"자식이 부모에게 살해당하는 것만큼 끔찍한 일이 또 있니? 이 세상에서 마지막으로 본 게 자기를 죽이는 부모의 얼굴이라니 너무 슬퍼. 이 마쓰키 미호라는 이름, 정말 좋잖아. 부모도 이 애가 태어났을 때는 자식이 행복하길 바라며 이름을 지어줬겠지. 그런데 겨우 세 살에 죽여버리다니. 그럼 이 애는 대체 무엇을 위해서 태어난 걸까? 너무 불쌍하잖아. 이

애들한테 엄마는 일면식도 없는 아줌마지만 이렇게 이름을 적어서 합장하고 애도해주고 있어. 조금이라도 영혼이 구원받기를 바라면서."

엄마는 눈물 젖은 목소리로 대답했다.

그것과 관련이 있는지 모르겠는데 엄마는 가끔 한밤중에 소리를 지르며 화들짝 놀라 깰 때가 있다. 식은땀을 뻘뻘 흘리면서.

"왜 그래?"

내가 잠결에 물어본다.

"아아, 아무것도 아니야. 그냥 무서운 꿈을 꿨어."

엄마는 힘없이 웃으며 대답한다.

귀신이 나오는 꿈이라도 꾼 걸까? 아니, 그런 걸 무서워할 사람이 아니다. 엄마를 괴롭히는 것은 분명 다른 것이다.

그런 엄마와 산 지도 십이 년이 되었다.

여름방학이다. 초등학교 마지막 여름방학이지만 이렇다 할 계획은 없다. 고작해야 학교 수영장에 가는 정도다. 나랑 친한 마리에와 미키는 중학교 입시를 대비해 학원에 다닌다. 일요일에는 모의고사까지 본다니까 정말로 놀 여유가 없어 보였다. 시험을 치를 예정이 없는 애들도 뭔가 배우거나 스포

꽃도 열매도 있다 **81**

츠 클럽 합숙, 가족 여행으로 다들 바쁜 것 같았다.

너무 덥고 심심할 때면 오전에는 학교 수영장에, 오후에는 구민 수영장에 가기도 했다. 갈 곳이 없어도 너무 없다 싶은데 가끔은 나랑 처지가 비슷한 애를 마주친다. 옆 반 남자앤데 오전에는 학교 수영장, 오후에는 구민 수영장에서 마주치는 바람에 우리는 어색하게 시선을 피했다.

하루는 구민 수영장에 다녀왔는데, 집주인 아줌마가 우리 집에 와 있었다. 엄마도 일을 마치고 와 있었다. 식탁 위 접시에 깎은 배가 놓여 있었다.

"어서 와. 힘들지? 수영한 뒤에는 수분을 섭취해야 해. 아줌마가 배를 주셨어."

아줌마의 친척이 후쿠시마에서 과일을 재배한다나, 그래서 가끔 이렇게 나눠주신다.

"먹으렴, 누가 뭐래도 햇과일이니까."

아줌마가 큰 소리로 말했다.

"아이고, 감사해라. 감사해라."

엄마가 파리처럼 손을 비비며 배에 대고 머리를 조아렸다. 두 사람은 햇과일이라면 유난히 고마워한다. 햇과일을 먹으면 장수한다고 믿는다. 툭하면 "이건 햇과일이니까"라고 감사하면서 먹는데, 내가 어렸을 때부터 그런 소리를 하며 먹었으니까 두 사람의 수명은 아주 길어졌을 것이다(삼백 살 추정).

아삭 깨물자 달콤한 과즙이 입을 가득 채웠다. 수영장 강행군을 한 몸이 촉촉해지는 것 같았다.

"맛있어요."

그렇지, 그렇지? 두 사람이 웃었다.

"다 먹고 해도 되니까 이따가 이거 위에 좀 가져다줄래? 아줌마가 아침부터 무릎이 아파서 계단을 오르기가 힘들어서 말이지."

아줌마가 랩을 씌운 배 접시를 내밀었다.

'위'란, 아줌마의 아들이 사는 방을 말한다. 아줌마의 외동아들은 우리가 사는 1층 바로 위에 산다. 아줌마는 연립주택에 인접한 단독주택에서 혼자 산다. 예전에 아줌마의 남편이 아직 살아 있을 때 아들과 크게 싸워서 쫓아냈는데, 갈 곳이 없는 아들은 결국 이 주택의 빈방에 정착했다. 아들은 이십대 초반이라는데 일을 안 한다. 학생도 아니다. 이른바 '니트족'이라고 하는 백수다. 하루 대부분을 방에서 뒹굴면서 보내는 모양인데, 가끔 동네 편의점에서 잡지를 읽는 모습이나 공원 벤치에 앉아 있는 모습을 본다. 멀쑥하니 키가 크고 얼굴은 새하얗고 머리는 푸석푸석, 수염이 대충 자라 초라한 꼬락서니다.

어려서는 신동이라고 불릴 정도로 우수했고 중학교 입시를 거쳐 가장 어렵다는 남자 사립학교에 들어갔는데 무슨 일이 있었는지 점차 학교를 빼먹기 시작했다. 중·고교 일관제여서 고등학교까지는 진학했으나 도중에 그만두었다고 한다. 그렇게 오늘까지 오게 되었다. 아줌마와는 얼굴도 체형도 전혀 닮지 않았다.

엄마는 아줌마와 사이가 좋지만 그 아들은 그다지 좋게 보지 않는 모양이다. 엄마가 거북해하는 인텔리 타입이라서 그런지도 모른다. 엄마는 자신과 전혀 다른 차원의 지식인들을 유난히 꺼림칙하게 여기거나 반대로 무턱대고 신뢰하는 경향이 있다.

"원래는 수재였을지 몰라도 지금은 무슨 생각을 하는지 모를 불쾌한 녀석이야. 너무 가까이하지 마. 폭탄을 만들고 있을지도 모르잖아."

뭐, 엄마는 수상한 사람을 보면 반드시 '폭탄을 만든다'는 소리를 한다. 만약 정말로 폭탄을 만들고 있다면 역시 머리가 좋은 거겠지.

일하지 않고 대충 슬렁슬렁 사는 것도 영 마음에 들지 않는지,

"자식을 생각하면 기름진 땅을 사지 말라는 말도 있잖니?

재산이 어중간하게 있으니까 일도 안 하고 농땡이나 치는 거지. 대단하신 몸이야."
라고 비꼬았지만 부러움도 섞여 있을 것이다.

아줌마가 자기 집에서 밥을 차려 날라주는데, 엄마랑 아들이니까 식사쯤은 같이 해도 될 텐데 안 한다. 나는 엄마가 없어서 혼자 밥을 먹을 때면 아무리 좋아하는 것이라도 맛이 다르게 느껴지던데.

배 접시를 들고 철 계단을 올라갔는데, 계단 제일 위에 그 아들이 멍하니 앉아 있었다. 안녕, 아래에서 말을 걸자 살짝 턱을 끄덕이고는 뭐라고 중얼거렸다. 위까지 올라가 접시를 내밀었다.

"이거 아줌마가 주래. 햇과일이라 장수한대."

"장수라."

아들은 배를 손에 쥐고 내려다보았다.

"장수하고 싶다는 건 분명 인생이 즐겁기 때문이겠지."

억양 없이 중얼거렸다.

"응?"

"그런 소리를 하는 사람의 인생이 부러워서. 나는 일분일초라도 빨리 이 지긋지긋한 인생을 끝내고 싶은데."

"으응."

"너, 너희 엄마한테 웬만하면 나랑 말하지 말라고 경고 듣지 않았어?"

정곡을 찔려서 움찔했다.

"어, 뭐, 응."

"내가 위험해 보이니?"

"아, 그게, 글쎄."

"아쉽지만 나한테는 그런 열정이 없어. 범죄를 저지를 때도 어떤 의미에서 정열이 필요하거든. 나한테는 그런 게 없어. 말하자면 텅 빈 허물이야. 생명의 등불이 다 타기만을 기다리는 시체야."

아들은 짧게 한숨을 쉬더니 배를 우걱우걱 먹었다. 허물이라도 배는 고픈가 보다. 엄마 말처럼 무슨 생각을 하는지 잘 모르겠는 사람이다.

다음 날, 학교 수영장과 구민 수영장 강행군을 하고 돌아와 게키야스당(激安堂)이라는 식료품 가게에 들렀다. '격하게 싸다'는 이름대로 물건을 싸게 파는 가게로, 오래된 건물 1층이 매장, 2층이 사무실 겸 창고다. 반 애들이 "너무 위험하지 않냐?"라고 쑥덕대는 그 건물은 벽면이 먹물을 뒤집어쓴 것처럼 지저분하고 제멋대로 금이 가서 보는 사람을 불안하게 한다.

채소나 과일 가격은 대형 슈퍼의 반값 이하이고 과자나 면 같은 식료품도 이쪽이 오히려 '이래서 돈을 벌긴 버나?' 걱정할 정도로 파격적인 가격에 판다. 그러나 잘 살펴보면 들어본 적 없는 회사 제품이 대부분이다.

육십 대쯤으로 보이는 사장 아저씨와 아마 예전에는 아름다웠겠지만 지금은 시들어빠진 흰 가지 같은 얼굴을 한 얌전한 부인, 나이가 있는 아르바이트 아줌마가 꾸려나가서 뭘 모르는 내가 봐도 인건비를 최대한 줄인 것을 알 수 있다. 가게에는 상품이 빽빽하게 쌓여 있어서 사람이 간신히 지나갈 정도로 비좁다. 천장에 닿을 정도로 쌓인 상품을 보면 괜찮을지 걱정인데, 지난 대지진 때도 거의 쓰러지지 않았다면서 사장님이 어깨를 으쓱여 보였으니까 쌓는 요령이 있는가 보다.

엄마도 여기 자주 온다. 그냥도 저렴한 게키야스당인데 엄마는 조금이라도 흠집이 난 과일이나 채소를 약삭빠르게 찾아내서 깎아달라고 조른다.

"이거 상처가 났어요. 좀 깎아줘요."

"이게 그래도 속은 괜찮을 것 같은데. 어쩔 수 없지요."

그러면 사장님은 할인 스티커를 붙여준다. 이 주변의 빈곤층 전용 가게다.

마리에네 집은 여기서 가까운데 한 번도 온 적이 없는 것 같왔다. 마리에의 엄마가 너무 싸서 오히려 무섭다고 했단다. 그런데 '싸서 무섭다'는 감각이 뭘까? 나는 여태까지 한 번도 경험해보지 못한 느낌이다. 싼 것은 그냥 고맙다.

사장님은 네모난 얼굴에 네모난 안경을 쓴 아저씨다. 원래는 어느 대학에서 달팽이인지 조개인지 새우인지를 연구했었는데, 부친이 세상을 떠나고 나서 가업을 이었다고 한다. 그래서인지 사장님은 장사꾼보다는 학교 선생님 같다. 장사도 그렇게 잘하는 것 같지 않은데, 망하지 않는 것을 보니 재능이 있는 거겠지. 하지만 대학 연구까지 저버리면서 물려받을 만한 가치가 있는 가게인지는 어린 내가 보기에도 의문이다.

가게 앞에는 페인트가 죄다 벗겨진 나무 벤치가 있다. 수영장에 다녀오는 길에 여기 앉아 아이스크림을 먹는 것이 내 일과다. 사장님은 나를 보면 과자에 달린 장난감이나 캔이 찌그러진 주스를 "이거 못 파는 물건이니까 가져갈래?"라며 주거나, "이거 오늘 들어온 상품인데 우리도 먹어보고 팔아야 하니까 시식해볼 생각이야"라며 봉지를 뜯어 자기가 한 입 먹고 "아아, 이런 맛이군. 이제 알았으니까 됐다. 남은 거 먹어줄래?" 하고 내게 주었다. 내가 불편하지 않도록 배려해주는 것을 아니까 감사히 받았다.

그날도 구민 수영장에서 돌아오며 게키야스당에 들러 아

이스크림을 먹는데, 안에서 사장님의 목소리가 들렸다.

"다시마는 아직 있니? 그럼 저건? 녹차 맛 쿠키, 이거 좋아했잖아? 가져가렴. 통조림은? 썩는 거 아니니까 이것도 가져가. 그리고 또 필요한 건 없니? 아, 이거랑 이것도."

사장님 부부가 어떤 젊은 여자의 봉지에다 눈에 보이는 가게 상품을 죄다 집어넣고 있었다.

"그럼 또 올 때 전화해라. 가즈히로한테 안부 전해주고."

사장님 부부가 여자를 배웅했다.

가게 앞 벤치에 앉은 나를 보더니 사장님은 조금 멋쩍은 표정을 지으며 머리를 긁적였다.

"그게 말이다, 결혼한 맏딸이 왔단다."

사장님에게는 딸이 셋 있다고 들은 적이 있다.

딸이었구나. 아아, 그래서였구나. 정말 꿈같은 광경이었다. 슈퍼마켓 집의 자식이면 슈퍼에서 파는 상품을 전부 받을 수 있구나. 사과 과수원 집 애가 사과를 마음껏 먹는 것처럼.

"나, 사장님 집 애가 되고 싶어요."

"응? 왜? 그렇게 말해주다니 나야 기쁘지만 우리 집에는 딸이 셋이나 있어서 말이다. 그리고 하나한테는 멋있는 어머니가 계시잖니?"

"음, 그냥 슈퍼마켓 집 애가 되고 싶어서요."

"아아, 그러니? 그렇다면 이런 구멍가게, 음, 내가 말하기는 좀 그렇지만 이런 쥐구멍 같은 곳이 아니라 체인점을 연대형 슈퍼나 이왕이면 백화점이 좋지 않겠니?"

"어차피 무리잖아요. 어떻게 그러겠어요."

"아니지, 가능하단다. 방법이 없는 건 아니란다."

"어? 어떻게요?"

"그런 사람과 결혼하면 돼. 결혼 상대를 잘 만나서 인생을 한 방에 역전하는 경우도 있잖니. 왜, 텔레비전이나 잡지에서 종종 보는 것처럼. 그러니까 가게를 운영하고 싶다면 그 일을 하는 사람과 결혼하면 돼."

"으응, 그건 또 그것대로 어려울 것 같은데."

사장님이 하하하 웃었다.

이 대화가 무언가의 암시였는지(예전에 기도 선생님이 이런 현상을 '싱크로니시티'라고 한다고 가르쳐줬던 것이 생각났다), 며칠 후 집주인 아줌마가 우리한테 뜻밖의 이야기를 꺼냈다. 엄마한테 혼담이 들어왔다. 아줌마는 예전부터 기회만 생겼다 하면 엄마에게 재혼을 권했는데 구체적인 이야기를 가지고 온 것은 이번이 처음이었다. 상공회의소의 지인이 소개해줬는데, 상대는 기시마치에서 슈퍼를 경영하는 사람이라고 했다.

중형 슈퍼인데 매출이 그럭저럭 괜찮아서 조만간 2호점을

낸다나 뭐라나. 나는 그 가게를 모르지만 엄마는 아는 것 같았다.

"슈퍼 가자마? 아아, 가본 적 있어요. 전에 그 근처 현장에서 일한 적이 있거든요."

"장사가 제법 잘되는 곳이지? 거기 사장님인 가자마 씨가 인품도 좋고 평판도 괜찮아. 올해 쉰여섯이고 오 년 전에 아내를 잃었고 자식은 없대."

"그런 사람이라면 제가 아니더라도 더 좋은 혼담 자리가 얼마든지 있을 텐데요?"

"또 그렇지도 않아. 그쪽도 너무 젊으면 곤란하다지 뭐야. 사실 돈을 목적으로 접근하는 여자도 있다는데 그런 건 다 거절한대. 평범하고 견실하게 일하는 사람이 좋대. 그 말을 듣고 곧바로 자기가 떠올랐어."

"그래도 저는 애가 있어요."

"그러니까 더 그렇지. 앞으로 하나미한테 돈이 많이 들 거야. 요즘 같은 세상이니까 자기도 대학쯤은 보내고 싶을 거 아니야? 나라면 바라 마지않을 이야기야. 장사도 쉽지 않겠지만 지금 자기가 하는 일도 고되니까 잘 해낼 거야. 그쪽은 제법 마음이 있는 것 같아. 어쨌든 한번 만나보면 어때?"

"글쎄요."

엄마는 전혀 마음이 동하지 않는 것 같았지만 나는 약간 흥분했다.

슈퍼? 슈퍼라고? 나 슈퍼마켓 집 애가 될 수 있어?

게키야스당에서 본 그 광경이 떠올랐다. 가게 물건을 차곡차곡 봉지에 넣어 딸에게 들려주던 사장님. 그것이 현실이 될지도 모른다고?

"생각 좀 잘 해봐."

아줌마는 다과로 낸 콩을 한 움큼 먹고 일어났다.

다음 날, 수영장에 가지 않고 집주인 아줌마가 말한 기시마치의 슈퍼 가자마에 가보기로 했다. 역 앞 파출소에 물어보니 아주 친절하게 알려주었다. 자전거로 십 분쯤 달리자 '슈퍼 가자마'라고 적힌 빨간 간판이 보였다. 게키야스당보다 열 배는 더 넓은 가게였다. 잔뜩 기대하며 안으로 들어가보니 바닥은 나뭇결무늬였고 채소와 과일 디스플레이가 유럽 마르셰처럼 세련된 느낌이었으며 종업원 유니폼도 산뜻한 모스그린 색이었다.

신선 코너에는 게키야스당에는 절대 없을 고급 소시지와 치즈가 놓여 있었다. 엄마가 좋아하는 떡 진열장도 살펴봤는데, 게키야스당보다 종류가 훨씬 다양했고 유기 재배 찹쌀 명인이 절구로 빻아 심혈을 기울여 만들었다는 떡까지 있었다.

가게 안에서 빵도 굽는지 고소한 냄새가 났다. 빵을 먹을 수 있는 카페 코너도 있었다. 프랑스 파리 골목을 떠올리게 하는 의자와 테이블은 게키야스당의 페인트가 벗겨진 나무 벤치와 수준이 달랐다.

한참 가게를 돌아보았는데 가자마 씨로 짐작되는 사람은 보이지 않았다. 그래도 나는 어느 정도 만족감을 얻고 가게를 나왔다.

돌아오면서 게키야스당에 들렀다. 슈퍼 가자마는 장사가 잘된다니까 아무것도 사지 않고 게키야스당에서 돈을 써줄 생각이었다. 뭐랄까, 마음에 여유가 생긴 기분이었다.

벤치에 앉아 아이스크림을 먹는데 사장님이 고개를 내밀었다.

"어라, 오늘은 일찍 왔구나? 수영장은?"

"볼일이 있어서 안 갔어요. 그보다 어쩌면 나요, 사장님의 경쟁자가 될지도 몰라요."

"음? 그게 뭘까? 무슨 소리니?"

"히히, 지금은 아직 말할 수 없어요."

"호오, 뭘까. 궁금하구나."

"비밀이에요, 비밀."

"그렇게까지 말하니 점점 더 궁금한데. 아, 그래. 그거지?

핑거니팅?"

"네?"

"하하, 그거 좋아. 처음에는 손가락을 움직이는 게 뇌에 좋다고 해서 시작했는데, 생각보다 재미있더라고. 털실만 있으면 어디서든 할 수 있으니까 짬짬이 쉴 때마다 하고 있어. 얼마 전에는 딸한테 머리 끈을 만들어줬지. 전혀 쓰지 않는 것 같지만."

"그, 그래요?"

"아저씨가 맞췄지? 언제부터 핑거니팅을 시작했니?"

"아니에요. 사장님 취미도 지금 알았는데."

"아, 그래? 그럼 뭘까, 경쟁자라니."

"조만간 아실 거예요."

그래도 여전히 고개를 갸웃거리는 사장님을 두고 집으로 돌아왔다.

아줌마의 열정적인 설득에 넘어가 엄마는 가자마 씨와 일단 한번 만나보기로 했다. 물론 나도 같이. 슈퍼는 연중무휴지만 비교적 시간을 낼 수 있다는 화요일, 장소는 역 앞의 가장 높은 빌딩 최상층에 있는 레스토랑으로 정했다. 마리에가 어려서부터 생일마다 식사하러 가는 레스토랑이다. 마리에는 맨날 똑같은 곳만 다니니까 질린다고 투덜댔지만 이케부쿠로의 선샤인 빌딩은 물론 신주쿠 신도심 도청까지 보여 경치가 좋고, 월귤 소르베가 특히 맛있다고 들었기에 나는 잔뜩 신이 났다.

당일, 엄마는 클래식한 남색 정장을 입었다. 어디서 났는지 물어보니 집주인 아줌마한테 받았다고 했다. 아줌마가 젊었을 때 백화점에서 맞춘 것이라 질은 좋다고 했다. 예전에는 말랐었나 보다. 지금 모습에서는 전혀 상상할 수 없는데. 세월이란 무섭기도 하지.

"패션은 돌고 돈다고 하잖아. 이것도 한 바퀴 돌아서 이제 세련돼 보이네."

엄마가 말했지만 아줌마의 젊은 시절이니까 한 바퀴 돈 정도가 아닐 것이다. 그래도 정장이 아주 잘 어울렸다. 흑백 영화에서 튀어나온 분위기라고 하면 칭찬이 과한가? 오랜만에 엄마의 화장한 얼굴을 봤는데 요 몇 년 중에 가장 예뻤다.

초인종이 울리고 아줌마가 왔다. 기합이 단단히 들었는지 평소보다 훨씬 빠글빠글한 파마, 밀가루를 바른 것처럼 하얀 얼굴, '열심히 그렸습니다'라고 주장하는 눈썹, 번질번질 새빨간 립스틱, 그리고 까만 바탕에 빨간 부용화 무늬가 커다랗게 새겨진 원피스를 입고 있었다. 마치 암컷 하마가 신에게 부탁해 하루만 인간이 된 듯한 모습이었다.

그래도 엄마는 "와, 못 알아봤어요. 영화배우인 줄 알았어"라는 소리를 했고, 아줌마는 "그럼요, 이 몸이 바로 마쓰자카 게이코〔일본의 가수이자 배우로, 청춘스타였으며 지금도 왕성하게 활동하고 있다─옮긴이〕입니다"라고 받아치더니 둘은 몸을 젖히고 깔깔깔 웃었다.

　"자기 정말 예뻐. 가자마 씨가 그 자리에서 청혼할지도 모르겠는데?"

　아줌마가 엄마를 칭찬하며 또 한바탕 즐겁게 웃었다.

　레스토랑에 도착해 아줌마가 이름을 말하자 자리로 안내를 받았다. 나와 엄마는 '가게를 예약하고 간다'는 행위를 한 번도 해본 적이 없어서 이것만으로도 몸이 굳어졌다. 맞선 상대인 가자마 씨는 벌써 와 있었다. 우리를 보고 얼른 의자에서 일어났다. 아줌마를 보고 대놓고 놀랐으나 곧 부드럽게 미소를 짓고 우리에게 성실하게 허리를 굽혀 인사했다.

　"처음 뵙겠습니다. 가자마 히로시입니다."

　키가 큰 편은 아닌데 배도 나오지 않았고 치열도 골랐으며 무엇보다 웃는 얼굴이 다정해 보였다.

　"오래 기다리셨어요? 이쪽이 다나카 마치코 씨."

　아줌마가 소개했다.

　"아, 안녕하세요."

마른 어깨를 움츠리며 엄마가 인사했다.

"이쪽은 딸 하나미."

"안녕하세요."

나도 허둥지둥 인사하자 가자마 씨는 다정하게 웃으며 "안녕" 하고 인사를 받아주었다.

"그리고 이 몸이 마쓰자카 게이코예요."

아줌마의 말에 어른들이 웃었다. 엄마는 두 번째인데도 또 웃었고 가자마 씨도 재미있어했다. 나는 뭐가 재미있는지 모르겠는데, 아무래도 옛날식 개그인가 보다. 그래도 덕분에 분위기가 편안해져서 아줌마가 왜 같이 와줬는지 알 것 같았다.

테이블에 앉자 잔과 나이프와 포크가 이미 준비되어 있었다. 잔도 반짝반짝 빛났고 나이프와 포크도 은은하게 빛났다. 아마 은이겠지. 눈이 부시다. 이 시점에 벌써 모든 게 눈부시다.

"특별히 가리시는 것이 없다고 들어서 코스를 주문했는데 괜찮으실까요?"

가자마 씨가 물었다.

"아, 네. 그야 물론, 네. 물론이죠."

엄마가 몇 번이나 고개를 끄덕였다.

코스라는 소리에 심장이 뛰었다. 그런 것은 당연히 먹어본 적이 없다. 어쩌지, 따로 지켜야 할 예의가 있나? 나이프랑 포크는 어느 걸 먼저 써? 마리에에게 물어볼걸.

"어머, 코스라니 긴장되네요."

아줌마가 내 기분을 대변하듯이 말했다.

"코스라고 해도 런치니까 격식을 차린 것은 아닙니다. 편하게 즐기시면 돼요."

아줌마가 테이블에 준비된(어떻게 접었는지 완벽한 삼각형으로 서 있는) 두툼한 냅킨을 무릎 위에 펼쳐두길래 나도 따라했다. 감촉 좋은 냅킨은 틀림없이 내가 오늘 입은 하얀 블라우스보다 고급 천일 것이다.

머리카락을 단정하게 넘기고 자세도 반듯한 웨이터가 공손하게 잔에 물을 따라주었다. 성인 남자가 이런 태도로 대해준 것은 처음이었다. 물까지 특별하게 빛났다. 곧 가장자리를 금으로 두른 커다란 흰 접시가 나왔다. 가운데에는 잎상추 약간과 어묵처럼 생겼지만 절대 어묵이 아닐 무언가가 놓여 있었다.

이, 이건 뭐지? 접시 크기와 비교해서 음식이 너무 조그맣다. 드레싱인지 소스인지가 의미심장하게 둥근 원을 그리며 뚝뚝 떨어져 있었다. 접시를 한 장의 캔버스라고 생각하라는 소리를 맛집 방송에서 종종 듣는데 이게 바로 그건가. 접시를 빤히 내려다보는 것을 가자마 씨가 알아차렸는지 내게 물었다.

"젓가락이 먹기 편하겠니? 젓가락을 달라고 할까?"

"아, 네."

나는 반사적으로 고개를 끄덕였다.

이런 곳에 젓가락이 있을까 싶었는데 가자마 씨가 우아하게 손을 들어 웨이터에게 말을 전하자 곧 인원수만큼 젓가락을 가져다주었다.

"고맙습니다."

"아니야, 아저씨도 이게 먹기 편해."

가자마 씨가 웃었다.

"잘됐다, 엄마."

엄마를 봤는데, 대체 언제 먹었는지 엄마 접시가 마치 핥은 것처럼 깔끔했다. 개구리처럼 혀를 쑥 내밀어서 홀라당 삼켜버렸을까? 엄마는 먹기도 많이 먹고 먹는 속도도 빠르다. 이래서 괜찮을까? 식사와 대화를 즐겨야 한다고 말해주고 싶은데 지금 그럴 수는 없다. 앞으로 어떤 일이 벌어질지 불안해하며 어묵과 비슷한 요리를 입에 넣었는데, 어패류의 진한 맛을 응축시킨 끈적끈적한 음식이었다.

"맛있어요."

가자마 씨에게 말하고 엄마를 봤는데, 엄마는 뜻 모를 미소만 짓고 있었다.

"가자마 씨, 일은 어때요?"

아줌마가 물었다.

"지금 계절은 신선 식품 관리가 큰일이에요. 다른 때보다
더 신경을 쓰지요."

"아아, 그렇겠죠. 식품은 가뜩이나 관리하기 어려우니까
요."

아줌마가 고개를 끄덕여서 나와 엄마도 따라서 고개를 끄
덕였다.

"다나카 씨도 밖에서 하는 일이라 힘드시겠어요."

"네, 뭐. 그래도 이제 익숙해요."

"그렇다니까요."

엄마가 대답하는 도중에 아줌마가 높은 목소리로 끼어들
며 엄마의 말을 뭉갰다.

"정말 힘들 거예요. 이렇게 마른 몸으로 육체노동이라니.
여자가 오래 할 일이 아니니까 좀 편한 일을 하라고 내가 얼
마나 잔소리를 하는데요. 그래도 하나를 위해서 돈을 벌어야
한다고 열심히 노력한답니다. 정말 바지런한 사람이야. 몸을
움직이는 걸 싫어하지 않아요. 아직 젊고 체력도 있고요. 무
엇보다 그렇게 고된 일을 하는 사람이라 근성이 달라요. 노력

가예요. 머리도 나쁘지 않고. 가게 일도 금방 배워서 열심히 일할 테니까 큰 도움이 될 거예요."

이래서야 재혼 상대를 추천하는 게 아니라 고용살이할 집에 일꾼으로 팔아치우는 것 같다. 하지만 칭찬에 익숙하지 않은 엄마는 얼굴을 붉히고 "아니에요, 무슨, 전혀요" 하고 쩔쩔맸다.

"혼자서 따님을 이렇게 키우시다니 대단하세요."

가자마 씨가 말하자 또 아줌마가 끼어들었다.

"그렇고말고요. 게다가 하나가 또 얼마나 착한 앤지 몰라요. 요즘 보기 드물게 부모를 생각하는 애예요. 엄마를 도와서 집안일도 잘해요."

"6학년이라고 했지?"

"네."

"내년에는 중학생이겠구나."

"그렇지요."

내가 대답하기도 전에 또 아줌마가 목소리를 높였다.

"그래, 하나. 가자마 씨라면 사립학교에 보내주실 거야. 그렇죠, 가자마 씨?"

그런 소리를 함부로 하면 가자마 씨가 질리잖아요. 아줌마, 마음만 너무 앞선 것 같은데 괜찮을까?

"가고 싶은 사립학교가 있니?"

"아니요, 설마요, 아니에요. 입시 준비도 하나도 안 했는데요."

"괜찮아, 괜찮아. 우리 하나는 머리가 좋으니까."

아줌마가 무책임하게 공수표를 날렸다. 엄마는 그냥 웃기만 했다.

샐러드와 수프가 나왔다.

"어라, 이 수프는 차가운데?"

아줌마가 놀란 목소리로 말하자 "차가운 게 아니라 식힌 요리입니다. 냉수프거든요"라고 가자마 씨가 알려주었다.

"어머나, 그럼 냉정하게 먹어볼까?"

아줌마가 전혀 재미있지도 않은 말장난을 해서 또 한 번 모두를 웃겼다.

그래도 아줌마 덕분에 엄마가 평범해 보였다. 말도 안 되는 소리지만 품위까지 느껴졌다. 역시 아줌마가 와줘서 다행이다. 어쩌면 아줌마도 그런 효과를 노리고 왔을지도 모른다.

어른들은 일이나 세상 돌아가는 일반적인 대화를 나눴고 가끔 내게도 말을 걸었다. 좋아하는 과목이나 특별 활동에 대해서. 메인인 고기 요리가 나올 무렵에는 분위기가 아주 편해졌다.

메인은 와규 스테이크였다. 가끔 엄마가 사 오는 커다랗기만 한 싸구려 외국 소고기는 고무신을 씹는 것처럼 딱딱하고 질겨서, 간신히 뜯었다 싶으면 이번에는 또 넘기기가 힘들었다. 계속 씹다 보면 맛이 사라져서 마지막에는 입에 뭐가 들었는지도 모르는 그런 고기와 달리 정말 부드럽고 사무치도록 고기 맛이 났다.

엄마가 이날 많이 먹거나 빨리 먹지 않고(애피타이저를 제외하고) 평범하게 먹어서 다행이었다.

디저트가 나왔다. 월귤 소르베일 줄 알았는데 프로마쥬라고 했다. 먹어봤는데 치즈 케이크 같았다.

"맛있니?"

가자마 씨가 물어서 그렇다고 대답하자, "그럼 아저씨 것도 주마" 하고 디저트 접시를 밀어주었다. 고맙다고 대답하면서 나는 갑자기 친밀감을 느꼈다.

"두 분은 그, 친척이나 가까운 혈연이 정말로 없나요?"

가자마 씨가 엄마에게 물었다.

"네, 그래요. 저는 어려서 부모님을 모두 잃어서 아무도 안 계세요. 지금은 친척과 교류도 전혀 없고요."

"그렇습니까. 그렇군요."

그렇게 중얼거리는 가자마 씨의 눈빛이 한순간 어두워지

는 것이 보였다.

"그렇다니까요. 그래서 이 사람이 얼마나 고생을 하는지
몰라요. 혼자서 하나를 키우고 막노동까지 하면서. 그러니까
이제는 행복해져도 된다고 생각해요."

아줌마가 또 끼어들었을 때, 커피가 나왔다.

커피를 다 마시자 식사가 끝났다. 마지막에 아줌마가 "여
기에 마무리 식사로 우동이라도 나오면 딱 좋을 텐데" 하고
구멍 뚫린 위장의 위력을 보여주어 가자마 씨가 씁쓸한 미소
를 지었으나 전체적으로 좋은 분위기였다.

밖으로 나오자 오후 세 시가 지났는데도 여전히 햇볕이
강해서 푹푹 찌는 열기에 숨이 막혔다.

"늦더위가 기네요."

가자마 씨가 말을 걸자 엄마가 "네, 정말요" 하고 대답하며
가방에서 하늘색 양산을 꺼냈다. 나는 엄마가 양산을 쓰는 것
을 처음 보았다. 레이스 달린 양산이 우리 집에 있기나 했나?
태운 정도를 넘어 볶은 콩 같은 엄마니까 지금 양산을 쓴다고
아무 의미가 없을 것 같은데, 엄마의 모습이 꽤 보기 좋았다.

"삿갓을 쓴 여인은 더욱 아름다워 보인다고 하지요?"

아줌마가 차분하게 말하더니 생글생글 웃었다.

"그럼 나는 이만 실례하겠어요. 셋이서 신스이 공원에라도

가서 산책하시면 어떻겠어요? 조금 덥긴 해도요."

꽃무늬 거즈 손수건으로 얼굴에서 뿜어 나오는 굵직한 땀
방울을 닦으며 아줌마가 말했다. 땀 때문에 화장이 녹아내려
얼룩덜룩했지만 전혀 신경 쓰지 않고 얼굴을 호쾌하게 벅벅
문질렀다.

신스이 공원에는 폭포와 시냇물이 있다. 어릴 적 엄마와
자주 물놀이를 하러 갔던 곳이다. 다른 아이들은 아무리 어려
도 수영복을 제대로 입었는데 나는 평소에 입는 팬티 한 장만
입었다. 아직 어렸으니까 전혀 부끄러운 줄 몰랐다. 그런데
어느 날, 연배 있는 여성이 엄마에게 일러주었다.

"새댁, 애가 딸이니까 조심하는 게 좋아요. 요즘 이상한 사
람들이 많거든. 이 주변에서도 불법 촬영 피해자가 나왔다나
봐요."

"네? 이렇게 어린애인데요? 설마요."

엄마는 웃으며 신경 쓰지 않았는데, 그 여성은 미간을 찌
푸리며 걱정했다.

"아니에요, 요즘은 이상한 사람들이 정말 많거든. 조심해
야 한다니까요."

그 후에도 엄마는 여전히 나를 팬티 바람으로 놀게 했는
데, 어느 날 나무 그늘에 숨어 이쪽을 빤히 바라보는 젊은 남

자를 보았다. 자식과 같이 온 아빠는 아니었다. 혼자 와서 물놀이 하는 애들을 대놓고 빤히 쳐다보았다. 뚱뚱하고 안경을 썼으며 기름진 머리카락이 이마에 달라붙었고, 어깨에는 커다란 천 가방을 메고 있었다. 다들 가족 단위로 온 와중에 유독 눈에 띄었다.

"오늘은 그만 돌아가자."

엄마가 조금 굳은 표정으로 말했다.

다음 날, 엄마는 내게 남아용 수영복을 입히고 공원에 갔다. 남색 수영복에는 '겐토'라는 이름표가 달려 있었다.

"전쟁 중에는 나쁜 사람에게서 지키려고 일부러 여자애한테 남장을 시켰대. 과거부터 쭉 이어져 온 풍습이고 조상님의 지혜이며 가르침이래."

당시 나는 머리도 짧았으니까(손질하기 편하다는 이유로 엄마가 짧게 깎았다) 남자애로 보였을 것이다. 어쨌든 어렸으니까 딱히 싫지도 않았고 이상하게 여기지도 않았다. 그보다 물놀이를 하고 싶은 마음이 앞섰다.

여아는 불법 촬영을 당할 위험이 있다(특히 팬티만 입은 나는 더더욱). 그렇다면 장소를 바꾸거나 수영복을 제대로 입혀야겠다는 쪽으로 가지 않고 엄마는 남아용 팬티 수영복을 입혀 남자애로 보이게 하면 문제가 해결된다고 결론을 내렸던 것 같다. 엄마는 조상님의 지혜라고 했는데, 조상님도 '그건 좀 아닌 것 같은데' 하고 곤혹스러워했으리라. 근본적인 해결이 아니다. 노출한 정도는 거의 똑같으니까. 게다가 남자애라고 괜찮다는 보장도 없다. 세상에는 각양각색의 취향이 있다. 이런 것도 지금 이렇게 컸으니까 아는 사실이다.

그리고 '겐토'라는 이름. 아줌마가 가끔 겐이 어쨌느니 하는 소리를 들은 기억이 있다. 그 수영복은 아줌마 아들의 것이었다. 그때는 몰랐는데 나중에 알고서 별안간 이해했다. 나는 그 여름, 이곳에서는 '겐토'로 지낸 것이다.

아줌마 아들의 수영복을 입었다고 생각하니 옛날 일이지만 부르르 오한이 나서 덕분에 체감 온도가 조금 내려간 기분이었다. 물론 세탁은 해서 입혔겠지만, 수염이 덕지덕지 난 아들을 떠올리면 왠지 사타구니가 근질근질 가려웠다. 시시한 옛날 일을 떠올렸다. 그래도 그 두 사람이라면 하고도 남을 짓이다.

기억을 잊으려고 큰 소리로 물었다.

"물에 들어가도 돼?"

"괜찮은데 발만이야."

엄마가 말하고 가자마 씨도 미소를 지었다.

샌들을 벗고 인공 연못에 맨발을 담그자 기분이 좋았다.

가까이에서 젊은 아빠가 어린 여자애와 놀아주고 있었다. 여자애는 까만 바탕에 물방울무늬가 그려진 귀여운 수영복을 입고 있었다. 반바지를 입은 아빠가 여자애에게 물을 끼얹었다. 그 모습을 엄마로 보이는 챙 넓은 모자를 쓴 여자가 연못가에서 지켜보고 있었다. 아빠가 여자애를 안아 들었다. 핏줄이 선 팔뚝. 여자애가 꺅꺅 웃으며 아빠에게 매달렸다. 팔뚝근육이 부풀어 올랐다. 나한테 만약 아빠가 있었다면 남아용 수영복을 입을 일은 없었을까? 수면이 반짝여서 순간 현기증이 났다.

뒤를 돌아보니 엄마와 가자마 씨가 벤치에 앉아 있었다. 손을 흔들자 두 사람도 손을 흔들어주었다.

왠지 평범한 가족 같았다. 지금까지 계속 부족했던 것, 찾아 헤맸던 퍼즐 조각을 드디어 맞춘 기분이었다.

다른 사람들은 다 가족 단위로 온 것 같았다. 아빠가 있고 엄마가 있다. 지금껏 아빠가 있으면 좋겠다고 바란 적 없다고 생각했는데 사실은 아니었나? 당당하게 가슴을 펴고 싶은 기분이었다. 간신히 남들과 같아졌다는 안도감을 느꼈다. 이럴 때 반 친구 중 누가 봐주면 좋겠는데.

공원에서 한참을 보내고 역으로 이어지는 가로수 길을 셋이서 나란히 걸었다. 아마 지금 사진을 찍으면 나는 아주 기분 좋은 표정을 짓고 있을 것이다.

집에 도착하자 기다렸다는 듯이 집주인 아줌마가 냉큼 찾아왔다.

"어땠어? 어땠어?"

"아주 좋은 사람이에요. 대화도 즐거웠어요."

"그렇지? 그렇지? 내가 보기에도 분위기가 좋았어. 이거 잘될 것 같은데? 아직 그쪽에서 연락은 안 왔지만."

엄마는 "하아" 하고 부끄럽다는 듯이 웃었다. 오늘 엄마는 그냥 평범한 여자처럼 보였다. 집에 돌아온 후에도 계속 그런 태도여서 나는 엄마가 정말로 가자마 씨와 결혼하면 좋겠다고 생각했다.

이불에 누워 오늘을 회상했다. 아줌마의 말이 떠올랐다.

"사립학교에 보내주실 거야."

지금까지 나와 전혀 관계없는 일이라고 생각했는데 혹시 모른다는 욕심이 솟구쳤다. 어쩌면 마리에랑 미키랑 같은 학교에 들어갈 수 있을지도 몰라. 아니지, 지금부터 중학교 입시를 준비하는 것은 현실적으로 어려우니까, 고등학교라면? 그래. 고등학교부터 같이 다니는 방법도 있다. 그러면 둘 다 놀라겠지.

그래, 휴일에는 가자마 씨의 가게 일을 돕자. 전날 몰래 보러 간 슈퍼 가자마의 풍경이 머릿속에 펼쳐졌다. 게키야스당에서 사장님이 딸에게 가게 상품을 이것저것 챙겨주던 모습이 떠올랐다. 슈퍼 가자마 안에 있는 엄마와 나. 상품 진열장에 마음껏 손을 뻗는다. 초콜릿이나 과자 봉지를 뜯는 나. 입가에 크림을 잔뜩 묻히며 빵을 먹는 엄마. 페트병 음료를 꿀꺽꿀꺽 마시는 나. 수박을 덥석 무는 엄마. 나도 지지 않으려고 프라이드치킨을 먹는다. 아하하하, 같이 웃는다.

"떡 있나? 떡?"

엄마가 묻는다.

"있어. 진짜 맛있어 보이는 거."

엄마를 떡 코너로 안내한다. 둥근 떡, 네모난 떡, 슬라이스한 떡, 종류가 다양하지만 나는 망설이지 않고 '명인이 절구로 빻아 심혈을 기울여 만든 떡'을 들었다. 엄마에게 주자 엄마는 그 자리에서 떡을 앙 물었다. 굽지도 않았는데 떡이 마치 만화의 한 장면처럼 길게 늘어졌다.

"어쩜, 맛있어. 역시 좋은 떡은 다르구나. 결의 촘촘함이 달라. 잘 늘어나고. 역시 명인이 만든 떡이야. 평소에 먹던 건 싸구려 떡이어서 색도 칙칙하고 잘 늘어나지도 않고 까끌까끌했는데."

다행이다. 이제 엄마도 밤중에 신음하며 잠에서 깨지 않고 음식을 주워 먹지도 않겠지.

다음에 마리에와 미키도 데리고 와야지. 좋아하는 것은 뭐든 먹어도 된다고 어느 나라 왕처럼 말하면 둘 다 놀라겠지?

어느새 내 옆에 마리에와 미키가 있었다. 붉은색 리본에 체크무늬 치마, 교복 차림이었다. 나 역시 같은 교복을 입고 있었다.

마리에는 자주색 셔벗 같은 것을 손에 들고 있었다. 컵에 담긴 셔벗을 숟가락으로 먹으며 "월귤 소르베, 역시 맛있다"라고 말했다. 아아, 그래. 월귤 소르베가 여기에도 있었지.

기묘한 꿈을 꿨는데 묘하게 들뜬 기분은 잠에서 깬 후에도 계속 이어졌다. 하지만 그날 오후, 내 기대는 순식간에 부서졌다.

평소처럼 수영장에 다녀와 누워서 텔레비전을 보다가 몸이 나른해서 그대로 잠들었다. 그래도 엄마가 돌아와서 텔레비전을 끄고 담요를 덮어주는 것을 기척으로 알아차렸다. 자다 깨다 하면서 엄마가 부엌일을 하는 소리를 들었다. 그때 "아이고, 실례할게" 하고 재잘대며 아줌마가 왔다.

"어제는 감사했어요. 신세를 많이 졌어요."

"아아, 그래. 그거 말인데."

아줌마의 목소리는 평소와 달리 가라앉았다. 움찔했다. 안 좋은 예감이 들어 온몸의 피가 술렁였다. 몸이 경직되어 그대로 계속 자는 척했다.

"오후에 가자마 씨한테서 전화가 왔어. 음, 그게 이번 이야기는, 그, 그러니까, 인연이 아니라고 할까."

"아아, 한마디로 거절당했다는 거죠? 그래요, 그렇구나. 뭐, 어쩔 수 없죠."

엄마는 별로 아무렇지 않은 듯이 대답했다.

"미안해, 정말 미안해."

"아줌마가 왜 사과하세요."

"하지만, 그게… 나는 잘될 줄 알았거든. 처음에 말이 나왔을 때도 그쪽에서 워낙 적극적이었고, 실제로 만나보니 대화도 잘 통하고 옆에서 보기에도 분위기가 좋았는데. 왜 이렇게된 거지."

"가자마 씨도 나름대로 생각이 많으셨겠죠. 이런 건 어쩔수 없는 문제예요. 한쪽이 싫다고 하면."

"아니야, 자기한테 문제가 있는 건 아닌 모양이야. 그게, 어제만 해도 정말 좋은 사람을 소개해주셨다면서 기뻐했으니까. 역시 그건가."

아줌마가 목소리를 낮췄다.

"애 말이야. 하나."

"네? 하나요?"

"응. 역시 애가 있어서, 그래서가 아닐까 싶네."

"하지만, 하나가 있는 건 처음부터 알고 있었잖아요?"

"그야 만나기 전에는 애가 있어도 상관없다고 했지. 그 말이 거짓말 같지는 않았는데, 실제로 눈앞에서 보니까 겁이 났거나 각오가 부족했거나 한 것 아닐까? 갑자기 열두 살 여자애의 아빠가 된다는 현실이 무거웠을지도 모르고."

심장의 혈관이 찢어질 것처럼 쿵쿵 뛰었다.

"그런 생각이라면 제가 거절하겠어요. 뭐, 이제 됐어요. 애초에 기대도 안 했으니까."

"하지만."

아줌마는 하고 싶은 말이 남은 것 같았지만, "정말 미안해. 내가 면목이 없어" 하고 누차 사과하며 돌아갔다.

몸이 저절로 굳는 것 같았다. 엄마가 맞선에서 거절당했다. 아무래도 나 때문인 것 같다. 어쩌지. 어쩌지. 어쩌지.

벌을 받은 것이다. 들떠서, 혼자 흥분해서 욕심 가득한 꿈이나 꿨다. 신바람이 나서 두둥실두둥실 떠오르려는 찰나, 갑자기 하느님이 통굽 슬리퍼로 나를 찰싹 후려쳐서 바다 깊은 곳으로 가라앉은 기분이다.

"신이라는 존재는 생각보다 심술궂습니다. 이걸 꼭 기억해

두세요. 신은 때때로 인간의 작은 바람이나 소소한 소망도 용서 없이 짓밟아요. 좋은 결과와 나쁜 결과의 갈림길에 서 있다면 나쁜 쪽으로 굴러갈 확률이 훨씬 높죠. 신은 우리에게 심장이 후벼 파이는 고통을 주고 웃으면서 지켜봅니다."

과학 수업 때, 기도 선생님이 앞뒤 맥락도 없이 느닷없이 이런 소리를 했다. 기도 선생님한테 무슨 일이 있었는지는 모르겠지만 반 친구들 모두 그 말을 듣고 당황했다. 뭐, 선생님은 때때로 그런다. 선생님이 괴짜처럼 구는 것이야 익숙하니까 또 저러는구나 하고 마는 분위기였다.

이런 걸 말하는 거죠, 선생님? 역시 선생님이어서 진리를 꿰뚫어본 말씀을 하신 거다. 하지만 그 후에 어떻게 하면 좋을지는 가르쳐주지 않았다.

어쨌든 지금 내가 할 일은 계속 잠든 척해서 지금 이야기를 듣지 못한 것처럼 구는 것이겠지.

어느 정도 시간이 지나 내가 일부러 눈을 비비며 막 잠에서 깬 것처럼 기지개를 켜며 일어나자, 저녁 준비를 하던 엄마가 돌아보고 평소와 똑같은 말투로 곧 저녁을 먹을 거라고 했다.

저녁밥은 동네 정육점의 크로켓과 숙주 된장국이었다. 크로켓은 우리 집의 단골 메뉴로, 으깬 감자에 다진 고기를 아주 조금 섞은 것이다. 엄마는 채소와 고기를 동시에 먹으니까 이득이라고 하는데, 사실 그 정육점에서 제일 싼 크로켓이 이것이다. 민스 커틀릿은 두 배나 비싸다.

어제 맞선 자리의 계산은 가자마 씨가 했는데, 그 코스 일인분 값이면 이 크로켓을 몇 개나 살 수 있을지 쓸데없는 생각을 했다.

엄마가 숙주 된장국을 마시며 말했다.

"숙주는 대단하다."

"왜?"

"숙주는 한 봉지에 십구 엔이야. 이렇게 잔뜩 들었고 비타민C와 식이섬유가 풍부한데 십구 엔이라니까. 요즘 세상에 십구 엔으로 살 수 있는 게 얼마나 있겠니? 십구 엔을 줄 테니까 만들라고 해도 못 만들어. 봉툿값도 들 텐데. 정말 대단해, 숙주는"하고 감개무량하게 말했다. 정확히 따지면 숙주를 재배하는 사람이 대단한 것 같지만 나는 그냥 고개만 끄덕였다.

엄마는 평소처럼 이 반찬으로 밥을 두 공기나 해치우고(마지막에는 밥을 된장국에 말았다) 개그 프로그램을 보며 웃었다.

미안해, 엄마.

만약 가자마 씨와 결혼한다면 크로켓과 숙주만 먹는 생활

따위 안 해도 될 텐데. 만약 내가 없었다면, 엄마 혼자였다면.

나 어떡하면 좋지? 어떡하면 좋을까?

다음 날, 수영장에 가지 않고 자전거를 타고 가자마 씨의 가게에 갔다. 내가 간다고 해결될 리 없다는 건 알지만 갈 수밖에 없었다. 가게에 가자마 씨가 있으리란 보장도 없고 만나지 못할 확률이 높겠지만(전에 왔을 때는 못 봤다), 다른 방법이 떠오르지 않았다.

가게에 들어가자 땀에 젖은 몸이 찬바람을 맞아 순식간에 식었다. 둘러보아도 역시 가자마 씨의 모습은 보이지 않았다.

한참이나 가게를 돌아다니고 서서 잡지도 뒤적였는데 가자마 씨는 오지 않았다. 어쩔 수 없이 돌아가려고 했는데 "하나미?" 하고 부르는 목소리가 들렸다. 돌아보니 가자마 씨가 서 있었다.

"아, 죄송해요."

나도 모르게 사과했다.

"무슨 일이니? 일부러 와준 거야?"

"아, 아니요. 그, 저기, 그게."

나는 머뭇거렸다.

"잠깐 안으로 들어갈까?"

가자마 씨가 '관계자 외 출입 금지'라고 적힌 철문을 열었다. 양쪽에 상자가 잔뜩 쌓인 통로를 지나자 안쪽에 사무실 같은 방이 있었다. 그곳에는 사무용 책상과 소파 세트가 있었다. 나는 소파에 앉았다.

"밖이 더웠지? 오렌지주스 마실래?"

"아, 네."

작은 소리로 대답하자 방 한쪽에 놓인 소형 냉장고에서 주스 팩을 꺼내주었다. 목이 바싹 말라서 꿀꺽꿀꺽 마셨더니 조금은 진정이 되었다. 차가워서 맛있었다. 가자마 씨도 맞은편에 앉았다.

"자전거를 타고 온 거니?"

"아, 네."

"하필 가장 더운 시간에 힘들었겠구나."

"네."

말해야 해. 말해야 해. 단숨에 말해야 해.

"저기, 제가 사라질 테니까요. 어디로든 가버릴 테니까요. 그러면 안 될까요? 엄마요."

가자마 씨가 멍한 표정으로 나를 보았다. 내가 한 말의 의미를 전혀 이해하지 못하는 표정이었다.

"어? 아? 엄마? 아아, 그 거절한 얘기 말이니?"

"네, 맞아요. 만약에 제가 원인이라면 제가 어디로든 갈게요. 지금 당장은 무리라도 반드시, 꼭 그렇게 할 테니까요. 그래도 안 될까요?"

숨도 쉬지 않고 말했다. 가자마 씨를 똑바로 쳐다보았는데, 그 역시 눈을 휘둥그렇게 뜨고 나를 쳐다보고 있었다.

"아니, 이것 참. 그렇게 생각했을 줄이야. 정말 미안하구나. 하지만 절대 그렇지 않아. 너한테 문제가 있어서 그런 게 아니야."

"그럼, 그러면 엄마 때문인가요? 만약 엄마한테 나쁜 점이 있으면, 그야 많이 있겠지만 제가 말해서 고치게 할 테니까."

"아니, 그것도 아니란다. 너한테나 어머니한테나 아무런 문제가 없어. 나 자신의 문제야. 하나미는 아직 어려서 이해하기 어렵겠지만 일이 좀 복잡하단다. 어쨌든 이것만은 한 번 더 확실히 말하겠는데 너 때문도 아니고 어머니 때문도 아니야. 네 어머니는 성실하고 근면하고 매일 열정적으로 살아가는 분이야. 나한테는 과분할 정도로 좋은 사람이야."

그러면 왜, 라는 항의를 삼켰다. '나한테는 과분할 정도로 좋은 사람'이라는 말이 혼담을 거절하는 상투적인 말인 것쯤은 나도 안다. 만약 원인이 나라도 본인을 앞에 두고 그런 소리는 못 하겠지. 입술을 깨물고 고개를 숙였다.

"좋은 사람이니까 그만둔 거란다. 정말로."

가자마 씨는 휴대전화가 울려서 "잠깐, 미안하구나" 하고 밖으로 나갔다. 종이 팩에 남은 주스를 마셨는데 미지근해져서 쓴맛이 남았다.

"미안하다, 하나미. 아저씨가 지금 어딜 좀 가야 할 것 같아. 데려다주고 싶은데 자전거로 왔다고 했지? 괜찮겠니? 혼자 갈 수 있겠어?"

가자마 씨가 문을 열었다.

"아, 네. 그건 괜찮아요."

"아, 그래. 잠깐 기다리렴."

가자마 씨는 창고로 갔다. 잠시 후, 가게 이름이 새겨진 봉지를 들고 돌아왔다.

"이거, 괜찮다면 어머니랑 같이 먹으렴."

묵직한 비닐봉지에 담긴 것은 네트에 담긴 굵직한 복숭아 네 개였다. 외국 어린이의 뺨처럼 은은한 분홍빛의 과일은 싱싱하고 맛있어 보였다. 고맙다고 하고 받자, 가자마 씨가 자전거 보관소까지 바래다주었다.

"감사합니다."

"조심해서 가렴. 안녕."

작별 인사로 한 안녕이라는 말이 이토록 진실하게 들린 건 처음이다.

집이 가까워질수록 자전거 바구니에 담은 복숭아가 무겁게 느껴졌다. 이거 어떡하지. 가자마 씨는 엄마와 먹으라고 했지만 그랬다가는 가자마 씨 가게에 간 것을 들킨다. 누구한테 받았다고 하지? 나한테 이런 고급 과일을 줄 사람은 없다. 과일이라 책상 안에 몰래 숨겨둘 수도 없다. 냉장고에 넣으면 금방 들켜서 어디에서 났는지 꼬치꼬치 물어보겠지? 훔쳤다는 오해라도 사면 곤란하다.

가자마 씨, 이왕 줄 거면 조금만 배려 좀 해주지. 과자라면 오래가고 숨길 수도 있는데. 비싼 것을 받았으면서 원망까지 했다.

그나저나 가자마 씨는 내가 원인이 아니라고 말했다. 만약 그 말이 사실이더라도 앞으로 엄마에게 비슷한 혼담이 들어왔을 때 내 존재는 역시 약점이 될 것이다. 내가 엄마의 행복을 방해한다면 큰 문제다. 대체 어떻게 해야 할까? 지금 내가 할 수 있는 건 뭘까.

어렴풋하게나마 해결책이 떠올랐다. 하지만 구체적으로 어떻게 하면 되지? 나의 지식만으로는 한계가 있다.

이럴 때 상담할 수 있는 사람은 누굴까. 바로 떠오른 것은 기도 선생님이었다. 조금 괴짜지만 내 주변에서 이런 문제에 조언해줄 사람은 기도 선생님뿐이다. 하지만 여름 방학 중에는 선생님과 만나지 못한다.

집에 도착해 자전거 스탠드를 올리며 고개를 들었는데, 2층 바지랑대에 겐토의 쭈글쭈글한 티셔츠와 빛바랜 체크무늬 트렁크 팬티가 걸려 바람에 나부껴서 진절머리가 나 시선을 돌렸다. 그때 좋은 생각이 번뜩였다. 지금이야 구질구질하지만 겐토는 원래 신동이고 수재였다. 복숭아 문제도 같이 해결할 수 있을지도 모른다. 복숭아가 담긴 봉지를 들고 계단을 올라갔다.

겐토의 방은 통풍이 잘 안 되는 탓인지 문 앞에 우산꽂이를 놓고 활짝 문을 열어두고 있었다. 하긴, 어차피 훔쳐 갈 것도 없을 테니까. 안을 보니 겐토는 선풍기를 틀어놓고 안쪽의 세 평짜리 방에서 자고 있었다. 방 입구는 물론이고 사방에 잡지, 택배 상자, 슈퍼 비닐봉지가 난잡하게 널려 있어서 발을 디딜 곳도 없다.

"안녕."

큰 소리로 말을 걸었으나 꼼짝도 하지 않는다. 한 번 더 크게 불렀으나 일어날 낌새가 전혀 없었다.

어쩔 수 없이 신발을 벗고 들어가 사방에 널린 물건을 발로 밀며 안으로 걸어갔다. 겐토는 반바지와 러닝셔츠 바람으로 쓰레기에 둘러싸인 채 누워서 자고 있었다. 말라서 얄팍한

몸, 햇볕을 받지 않은 탓인지 유난히 하얀 다리에 숭숭 자란 털. 턱수염이 덥수룩한 얼굴. 빠끔 벌린 입, 기름칠한 것처럼 번지르르한 피부. 평소보다 더 꼴불견이다.

지금까지도 아줌마 부탁으로 이 방에 종종 찾아왔지만 계절 불문하고 겐토는 높은 확률로 자고 있다. 혹은 자다 일어났거나. 어른이면서 참 잘도 잔다 싶다. 썩어도 준치라는 말이 있는데 이 사람은 이미 부식해서 썩은 냄새를 풍기는 상태 아닐까? 아까부터 정말 무슨 냄새가 나기도 한다. 뭔지는 모르겠는데 온갖 것이 뒤섞여 맡아본 적 없는 냄새다.

뭐, 아무튼 말이라도 해봐야겠다. 이 사람이라면 무슨 말을 들어도 떠벌리지 않을 테고, 애초에 말할 상대도 없을 테니까.

"저기, 미안한데."

머리맡에 앉아 말을 걸었으나 반응이 없다. 어쩔 수 없이 내키지 않지만 어깨에 손을 대고 흔들며 "좀 일어나" 하고 소리를 높였다. 그러자 겐토가 눈을 번쩍 떴다. 핏발이 선 탁한 눈동자와 시선이 마주쳤다.

"으악."

겐토가 버럭 소리를 지르며 용수철처럼 벌떡 일어났다.

"와, 와, 와악. 놀랐다. 뭐야, 너구나? 아아, 심장이야."

평소 모습과 달리 재빠른 몸놀림과 큰 소리에 이쪽도 놀랐다.

"미안. 열려 있어서 멋대로 들어왔어."

"아니, 그건 괜찮은데. 하아, 놀라라."

생각해보니 겐토가 자고 있을 때는 아줌마에게 부탁받은 식료품이나 시트를 현관 앞에 두고 갔지(겐토는 일 년 내내 문을 잠그지 않는다. 문을 잠그면 반드시 열쇠를 잃어버린다나. 이 사람, 진짜 수재 맞아?) 멋대로 안까지 들어온 것은 처음이었다.

"그런데 무슨 일이야? 용건이라도 있니? 아, 없으면 안 왔겠지, 당연한 소리네."

"응, 조금 물어보고 싶은 게 있어서. 가르쳐줬으면 하는 것도."

"여름방학 숙제? 모르는 거나 문제를 푸는 법은 가르쳐줄 수 있지만 기본적으로 본인이 해야지. 숙제니까. 그래야 네 실력이 돼."

겐토가 옳은 말을 하는 것은 처음 들었다. 역시 공부에 한해서는 성실한 게 맞나 보다.

"아, 그건 아니야. 숙제는 아니고 다른 일이야. 아, 그 전에."

슈퍼 봉지에서 복숭아를 꺼냈다.

"오오, 맛있겠다. 뭐야? 나 주려고?"

"웅, 나도 받은 거지만."

"오오, 백도네. 오카야마산(産)이잖아."

겐토가 냉큼 손을 내밀었다.

"아, 안 차가운데."

"아아, 괜찮아. 단맛은 차가우면 잘 안 느껴지거든. 냉장고에 넣어 보관해도 상온에 뒀다가 먹어야 맛있어."

"그렇구나. 그럼 깎을게. 과도나 도마 있어?"

"이 방에 그런 게 있을 리가 없지. 그냥 먹어도 괜찮아."

여전히 손을 내밀고 있는 겐토를 뒤로하고 최소한 물로 헹구기라도 했다. 부엌 개수대에 지저분한 식기가 쌓여 있어서 그중에 평평한 접시를 씻어 복숭아를 올리고 다다미 위에 책상다리를 하고 앉은 겐토 앞에 놓았다. 겐토는 기다렸다는 듯 복숭아에 달려들었다. 짐승처럼 먹어치우는 모습에서 으르르르 하는 소리가 들릴 정도였다. 과일즙이 팔을 타고 내려가 겐토의 허벅지와 다다미를 적셨다.

"물 떨어지는데."

"됐어, 괜찮아."

"그래도 복숭아 물은 얼룩이 들 거야. 걸레나 수건 같은 거 없어?"

그러자 겐토는 근처를 바스락바스락 뒤져 쭈글쭈글한 러닝셔츠를 끄집어냈다. 그걸로 팔과 입가를 닦고 책상다리를 한 다리 위에 얹었다.

"그 옷, 괜찮아?"

"괜찮고말고. 어차피 안 입는 옷이니까. 그보다 이거 진짜 맛있다. 너도 먹어."

내가 가져온 복숭아인데 자기가 권한다. 하나를 손에 들자, 겐토가 또 근처에서 구겨진 트렁크 팬티 같은 것(확인하고 싶지 않다)을 발굴해 "여기"하고 던지기에 "됐어"하고 재빨리 되돌려 던지고, 주머니에서 내 손수건을 꺼냈다.

"맛있다. 과일을 보고 물과자라고 부르기도 한다잖아? 이렇게 싱싱한 건 처음 먹어봐. 자느라 목이 말랐거든. 마침 몸이 수분을 원했어."

겐토는 전혀 사양하지 않고 복숭아를 세 개나 해치웠다. 복숭아 알이 굵어서 나는 하나로도 배가 불렀는데 겐토는 세 개를 먹고도 멀쩡한 표정이었다. 오래 살고 싶지 않다면서 식욕은 왕성하다.

"아아, 맛있었다. 잘 먹었습니다. 그래서 물어보고 싶은 건 뭐야? 복숭아를 먹었으니 거절할 수 없지. 너도 제법 꾀를 잘 쓴다."

배를 문지르며 히죽대며 웃는다. 마구 자란 수염에 복숭아 즙이 묻어 꼬질꼬질함이 두 배는 늘었다.

"아아, 저기. 시설 같은 곳에 어떻게 들어갈 수 있어?"

"뭐?"

"그러니까 시설 말이야."

"시설? 요양원?"

"아니. 그, 어린애가 들어가는 곳. 아동 보호 시설 같은 거."

"어, 아, 그쪽 시설?"

"응. 예전에는 고아원이 있었잖아.『키다리 아저씨』에서 주인공이 살던 곳."

"그야 아는데. 어? 응? 뭐? 거기 들어간다고? 누가?"

"내가."

"어? 어? 어? 왜? 네가? 왜, 왜? 어, 어째서?"

젠토는 완전히 동요해서 앉은 자세를 고치더니 심장 부근을 손바닥으로 열심히 쓸었다.

"아무튼. 그런 곳에 본인이 희망하면 들어갈 수 있어?"

"하, 하지만 너한테는 친엄마가 있잖아?"

"있지만. 있으니까 들어가고 싶어서."

"뭐? 무슨 소린지 전혀 이해가 안 되는데?"

"어쨌든 들어가고 싶어. 하지만 어디에 연락해서 어떻게 신청해야 하는지 몰라서."

겐토가 눈을 깜박이며 나를 쳐다보았다.

"혹시 너 학대를 당하니?"

착 가라앉은 목소리로 물었다.

"그렇다면 일단 아동 상담소에."

"아니 아니 아니, 절대 아니야. 그건 아니야. 그것만큼은 절대로 아니야. 그런 일은 당연히 없어. 오히려 그 반대야. 엄마를 위해서 내가 내 의지로 들어가고 싶어."

"무슨 말인지 점점 더 이해가 안 간다."

"시설이 아니라도 괜찮아. 그냥 모습을 감추고 싶어. 사라지고 싶어."

"뭐?"

겐토의 표정이 점점 더 당혹스러워졌다.

"학교 선생님이 그러시는데 행방불명된 사람이 연간 팔만 명이나 있대. 그런 사람은 어디서 사는 걸까?"

"그야 다양한 방법이 있겠지. 어디서든 알아서 살겠지만. 아니지, 지금 문제는 그게 아니고."

"팔만 명이면 웬만한 지방 도시 정도잖아. 그렇게 많은 사람들이 대체 이 일본 어디에서 사는 걸까? 혹시 그 사람들만 사는 나라가 있어서 다들 거기에서 사는 게 아닐까? 이런 얘기 들은 적 없어?"

"없어. 그런 나라가 있다면 내가 벌써 갔겠지. 그보다 좀 알기 쉽게 말해봐. 내 머릿속이 지금 카오스야."

어쩔 수 없이 털어놓았다. 맞선 얘기. 가자마 씨 얘기. 분위기가 좋았는데 결국 거절당한 얘기. 아무래도 원인이 나 때문인 것 같다는 얘기. 가자마 씨 본인한테 확인하러 갔는데 내 의혹은 확실하게 부정당했다는 얘기. 그렇지만 나는 여전히 의심 중이라는 얘기.

만약 가자마 씨의 말이 사실이라도 다음에 또 같은 일이 있을 때 내 존재가 약점이 될 가능성이 높다. 내가 있으면 엄마가 행복해지지 못한다. 고생만 하는 생활에서 빠져나오지 못한다면 엄마한테 미안하다. 그러니까 내가 없는 편이 낫다. 최소한 중학교라도 졸업했다면 숙식 제공되는 일자리를 찾으면 되는데 아직 초등학생이어서 그럴 수도 없으니까 시설에 들어가고 싶다. 혹은 사라지고 싶다.

쭉 설명하자 겐토가 단호하게 말했다.

"알았어. 요점은 이제 이해했어. 네 생각도. 하지만 진정하고 이 상황을 정리해보자. 먼저 가자마 씨라는 사람이 한 말은 거짓말은 아닐 거야. 백 보 양보해서 네가 원인 중 하나일지라도 다른 이유도 분명 있을 거야. 어른한테는 복잡한 사정이 있으니까. 그리고 앞으로 엄마한테 비슷한 얘기가 들어왔을 때를 걱정하는데, 네 엄마라면 자식이 있으면 곤란하다는 소리를 하는 남자라면 애초에 상대도 안 할 거야. 그러니까 네가 없으면 엄마가 행복해진다거나 네가 엄마의 행복을 방해한다고 생각하면 안 돼."

"하지만."

"자식을 불행하게 만들고 자기만 행복해지려는 부모는 없어."

고개를 푹 숙이고 있는데 겐토가 말했다.

"네 엄마가 그렇게 힘든 일을 하는 건 다 너를 위해서야. 네가 있으니까 그렇게 열심히 사는 거라고. 엄마의 행복을 위해 네가 사라진다는 생각은 잘못됐어. 네가 없으면 엄마는 행복해지기는커녕 이 세상에서 최고로 불행해질 테니까."

눈이 촉촉해졌다. 눈물이 넘쳤다.

"괜찮다면."

겐토가 또 아까 던진 트렁크 팬티 같은 것을 내밀어서

"으, 정말! 이거 필요 없다고!"

이번에는 더 멀리 집어 던지고 같이 웃었다.

여름방학이 얼마 남지 않았다. 올해는 이번이 마지막이라고 생각하며 구민 수영장에 다녀오는 길에 게키야스당에 들러 벤치에서 아이스크림을 먹는데 사장님이 나왔다.

"어서 오세요!"

"안녕하세요. 아, 그렇지. 사장님. 제가 전에 사장님의 경쟁자가 될지도 모른다는 얘기요, 그거 없던 일이 됐어요."

"응? 아아, 그런 말을 했지. 응? 벌써 그만뒀어? 펑거니팅."

"그러니까 그거 아니라니까요. 뭐, 상관없나."

하늘을 올려다보니 하늘의 색도 구름의 형태도 어느덧 가을 분위기였다.

"아, 당첨이다."

아이스크림 막대기에 당첨이라고 적혀 있었다.

"오, 잘됐구나. 운이 좋아.

사장님이 들여다보며 말했는데, 내 운은 고작 이 정도구나. 불꽃놀이보다 덧없다. 뭐, 없는 것보다는 낫나.

곧 학기가 시작되어 오랜만에 기도 선생님을 봤는데, 하나도 변하지 않아서 안심했다. 여름 강습으로 바빴던 마리에와 미키가 새하얀 얼굴로 "여름방학이 하나도 안 즐거웠어. 앞으로 부모님도 학원도 점점 더 몰아치기만 할 텐데 너무 우울해"하고 투덜대서 보기 좋게 탄 나는 조금 미안한 기분이 들었다.

가을은 학교 행사가 많고 마지막 학년이다 보니 나도 할 일이 그럭저럭 많아서 여름방학에 있었던 일은 먼 옛날의 기억으로 밀려났다. 11월이 순식간에 지나고 12월이 된 첫 번째 토요일, 봄처럼 화창한 날씨여서 기분도 좋고 문득 마음이 동해 자전거를 타고 슈퍼 가자마에 가보았다. 이제 별다른 용건은 없지만.

　어? 뭐야? 오늘 휴일인가?

　인기척이 전혀 없었다.

　주차장과 자전거 보관소엔 줄이 쳐 있고 가게는 셔터를 내렸다. 거기에 종이 한 장이 붙어 있었다.

　'슈퍼 가자마 폐점 알림.

　오랫동안 사랑해주셔서 감사합니다.

　11월 30일부로 폐점했습니다.'

　말도 안 돼. 왜?

　슈퍼 가자마는 망했다.

　여름에 본 풍경이 거짓말처럼, 가게는 쥐 죽은 듯이 고요해서 그냥 거대한 공터 같았다. 고작 몇 개월 만에 폐허 같은 쓸쓸함이 감돌았다.

　망연자실해서 집에 가고 싶지 않아 게키야스당에 들렀다. 돈은 조금 있었지만 뭔가 사 먹을 마음은 들지 않았다. 벤치에 멍하니 앉아 있는데 택배 상자를 안은 사장님이 나왔다.

"어서 오세요."

"아, 안녕하세요."

"응? 왜 그러니? 기운이 없어 보이는데?"

"아, 네. 저기, 사장님. 게키야스당은 괜찮죠? 여기 사라지지 않죠?"

"어? 뭐니? 뜬금없이. 우리를 걱정해주는 거야? 하하, 가게가 이 모양이니까 옆에서 보면 불안할지 모르지만 우리 같은 영세, 아니 그 이하인 벼룩 같은 기업은 전국에 점포를 낼 정도로 유행하진 않아도 신기하게 망하지는 않아."

자랑인지 자학인지 모를 소리를 했다.

"자기 분수에 맞는 장사를 하니까."

분수에 맞는 장사. 가자마 씨는 그걸 넘어섰나?

"기시마치에 있는 '슈퍼 가자마' 알아요?"

"가자마? 암, 알지. 지난달에 폐점한 곳이지. 몇 번인가 법인 모임에서 거기 사장을 본 적이 있어. 꽤 예전부터 경영 부진이라는 소문을 듣긴 했어. 거기 사장은 고집이 있어서 유기농 채소를 들이고 가격은 나가지만 좋은 물건을 매입했거든. 그런데 이 지역 사람들한테는 그런 물건이 전혀 먹히지 않았지. 이상을 갖는 건 좋지만 현실을 돌보지 않는 경영은 반드시 어딘가에서 파국을 맞아. 뭐, 결국은 순진했던 거지."

사장님의 표정에 순간 냉철함이 스쳤다. 내 생각 이상으로 이 사람은 장사꾼이다.

답답한 마음으로 집에 도착해 문을 열고 "다녀왔"까지 말했는데, 안에서 집주인 아줌마의 목소리가 들렸다.

"그러니까 나도 놀랐다니까. 설마 그럴 줄이야."

정말 허둥대며 왔는지 현관에 아줌마의 황토색 샌들이 하나는 뒤집히고 하나는 멀리 떨어진 곳에 비스듬하게 벗겨져 있었다.

난방을 켜서 거실 유리문을 닫아두었으나 둘 다 목소리가 커서 현관까지 대화가 들렸다.

"그게 그런 소리는 전혀 못 들었거든. 나도 그걸 알았다면 절대 자기한테 그런 얘기 따위 물어 오지 않았지. 경영이 위태로운 가게의 사장과 혼담이라니."

가자마 씨 얘기다.

"그런데요, 가게가 그렇게 힘든데 왜 재혼을 생각했을까요? 그럴 상황이 아닐 텐데."

엄마가 물었다. 둘 다 얘기에 푹 빠져서 내가 집에 온 줄도 모르는 것 같았다.

"그래, 그거. 나도 이상하다고 생각했어."

"그건가? 고통을 함께 나눌 사람이 필요했을까요? 나 같은 사람은 몸을 움직이는 일에 익숙하니까 밤낮없이 일을 시킬 생각이었을까요? 결혼하면 무급으로 부릴 수 있으니까."

"아이고. 그거라면 차라리 낫지. 이 얘기를 할지 말지 망설였는데."

"왜요? 뭔데요?"

"그게 말이야. 이건 어디까지나 소문인데. 가자마 씨의 그 죽었다는 전 부인."

"아아, 사고라고 했죠?"

"그게 말이야, 가게의 창고 계단에서 떨어진 거래. 발이 미끄러져서. 그런데 부딪힌 곳이 안 좋아서 죽은 거래. 그리고 가자마 씨, 그 일로 상당한 액수의 보험금을 손에 넣었다더라고. 마침 그때가 가게 경영이 잘 안 되던 시기였는데, 그 보험금으로 경영을 회복했다는 소리가 있어."

"네에? 가자마 씨가, 그러니까, 그, 죽였다는 거예요? 아내를? 보험금을 목적으로?"

"아이고, 아이고. 그러니까 어디까지나 소문이라니까. 증거는 없어. 사고로 처리되기도 했고. 경찰과 보험사가 철저하게 조사했어. 그런데 그 돈으로 가게 경영이 회복된 건 사실이니까."

"설마, 에이."

"뭐, 아내의 사고가 정말로 불운한 사고였더라도 그걸로 예상하지 못한 큰돈을 손에 넣은 가자마 씨가 맛을 들였다면? 이런 방법도 있다고 깨달은 거야. 또 가게가 위험해졌으니까 그렇다면 한 번 더? 이런 생각이 들지 않겠어?"

"그럼 제가 위험했다는 소리예요? 제 앞으로 보험을 들 목적으로 결혼하려고 했다고? 음, 하긴 저는 부모도 형제도 친척도 없으니까 살해당해도 이상하게 여기고 조사할 사람이 없어서 죽이기에 적합하긴 하지만요. 그러고 보니 맞선 때도 친척이 정말 하나도 없는지 확인하기도 했죠. 나 하나 사라진다고 걱정할 사람은 없으니까."

"무슨 서운한 소리를 해. 내가 있잖아. 만약 자기가 그렇게 된다면 내가 필사적으로 찾고 조사할 거야! 그리고 하나가 있잖아?"

아줌마는 반쯤 울먹이는 소리를 냈다.

"아니죠, 하나까지 해치우려고 했을지도 몰라요. 그러면 보험금이 더 많이 들어오니까."

"히이익! 섬뜩해라. 무서워, 너무 무섭잖아! 자기도 참, 사람 좋은 얼굴인데 뒤로는 악마 같은 면이 있네."

격하게 코를 훌쩍이는 소리가 들렸다.

"그래도 그쪽에서 거절했잖아요. 그렇다면 도중에 마음이 바뀌었다는 소린가? 양심의 가책인가."

좋은 사람이니까 그만두었다고 한 가자마 씨의 말이 떠올랐다. 그건 혹시, 좋은 사람이니까 죽이지 않기로 했다는 의미일까? 최선을 다해 사는 우리 처지를 동정해서? 오소소 소름이 돋았다.

"그 정도로 악당은 아니라는 건가."

"뭐, 생각해보면 그런 속셈이라도 없다면 저 같은 여자하고 결혼하려는 남자는 없으니까요."

"아니라니까. 그리고 가자마 씨 얘기는 그냥 추측일 뿐이야."

"그래서 지금 가자마 씨는 어떻게 됐어요?"

"그게 행방불명이래. 거의 야반도주처럼 사라졌대. 거액의 빚을 남기고. 채권자들도 곤란한가 봐. 어쩌면 벌써 어디서 죽었을지도 모르지."

거기까지 엿듣다가 견딜 수 없어서 지금 돌아온 것처럼 외쳤다.

"다녀왔습니다."

미닫이문을 열고 둘이 얼굴을 내밀었다.

"아아, 어서 와. 추우니까 손 씻고 얼른 이리 오렴. 아주머니가 저녁으로 먹으라고 튀김을 잔뜩 가져오셨어."

"하나가 좋아하는 고구마튀김도 많이 가져왔단다. 하지만
방귀가 나오니까 너무 많이 먹었다가 이 집을 날려 보내지는
말고."

이런 농담을 하며 둘은 조금 전의 대화를 없던 일로 하려
는 듯이 몸을 흔들면서 호쾌하게 웃었다.

그날 밤에는 당연하게도 가자마 씨를 생각했다. 엄마와 아
줌마가 말한 것처럼 정말로 무서운 사람일까? 그럴 것 같지
않다. 그렇다면 왜 가게가 망하기 직전에 재혼하려고 생각했
을까? 혼자 감당하기 버거워서? 같이 고통을 짊어질 사람이
필요해서? 누군가와 함께라면 극복할 수 있다고 생각했나?
그래도 역시 상대한테 미안하니까 그만뒀나? 그렇다면 가자
마 씨는 나쁜 사람이 아니다. 단순히 내가 그렇게 생각하고
싶을 뿐인지도 모르지만.

다음 날 일요일 오후, 구립 도서관에서 책을 빌려 나오는
데 마침 맞은편에서 걸어오는 겐토를 발견했다. 겨울 해가 내
리쬐는 화창한 거리를 누가 봐도 하릴없이 어슬렁어슬렁 걷
고 있었다. 그쪽도 나를 알아보고 "오" 하고 반응을 보였다.

"뭐 해?"

"산책. 가끔은 운동도 해야지. 건강을 위해서."

오래 살기 싫다고 했으면서.

"너는?"

"도서관. 책을 반납하고 또 빌렸어."

어깨에 멘 도서관 이름이 새겨진 천 가방을 보여주었다.

"책을 버리고 거리로 나가자."

겐토가 갑자기 말했다.

"무슨 소리야? 빌린 책이란 말이야. 버리면 어떡해."

"데라야마 슈지〔일본의 영화감독. 『책을 버리고 거리로 나가자』
는 그가 출간한 책이다. 경마와 경륜, 도박, 야쿠자가 되는 법 등 독특
한 산문과 시가 실렸다―옮긴이〕야."

"그게 누군데? 친구? 물건은 소중히 여겨야지."

겐토가 헤실헤실 웃었다. 어쩌다 보니 둘이 나란히 걷게
되었다.

"그 슈퍼, 망했다며?"

겐토의 말에 조금 놀랐다.

"어떻게 알았어?"

"어제 엄마가 교체할 시트를 가져왔을 때 아주 흥분해서
말씀하시더라고."

"그럼 가자마 씨 일도?"

"대충은. 엄마의 추측이 과하게 첨가된 것 같지만."

"행방불명은 진짜인 것 같아. 아줌마는 벌써 죽었을지도 모른다고 하더라."

겐토가 길게 한숨을 내쉬었다.

미즈타 육교에 접어들었다. 다리 아래 양지바른 곳에 노숙자가 있었다. 언제였던가, 엄마가 존경한다고 했던 그 노숙자였다. 다리를 모으고 앉아 구깃구깃한 주간지를 보고 있었다. 겐토의 시선이 노숙자를 향했다.

"저 사람은 내가 태어나기 전부터 저기 있었대."

"응. 내가 초등학생일 때도 있었으니까."

우리 엄마가 존경하는 사람이라는 소리는 못 하겠다.

"저 사람이 어떻게 살 것 같아?"

겐토가 물었다.

"어? 그야, 음식점에서 버리는 음식물 쓰레기를 주워 먹지 않을까? 전에 쓰레기 버리는 날에 내놓은 봉지를 뒤지는 걸 봤어."

"그게 아니라, 아니, 그런 것도 포함되지만 어떻게 저런 생활을 이어갈 수 있는지 말이야. 아마 저 사람 나름대로 희망이 있을 거야. 내일은 오늘보다 맛있는 음식을 먹게 될지도 모르고, 구멍이 뚫리지 않은 신발을 손에 넣을지도 몰라. 내일은 오늘보다 조금은 따뜻해서 지내기 편할지도 모르고. 혹시 아파서 고생한다면 조금이라도 통증이 완화되어서 내일은 몸이 조금 편해질지도 모른다거나. 사형수도 사형 집행하는 날 아침이나 집행실로 향하는 복도를 걸을 때, 그리고 전기의 자에 앉는 순간까지 사형을 중단하라는 전화가 올지도 모른다고 생각한대. 다른 사람이 보기에 아무리 절망적이고 최악의 상황이라도 그 사람 나름의 희망이 있으니까 살아가는 것 아닐까? 비록 바늘 끝처럼 보잘것없는 희망이라도, 희미한 빛이라도, 환상이라도, 그게 있으면 어떻게든 매달려서 살 수 있어."

가자마 씨를 생각했다. 가자마 씨는 지금 빛이 보일까?

"나 역시…."

이어질 겐토의 말을 기다렸는데 더는 이어질 기미 없이 걸음을 옮기기 시작해서 허둥지둥 따라갔다.

게키야스당 앞을 지나갔다.

"아, 잠깐 들러도 될까? 따뜻한 걸 마시고 싶어."

"나도. 아, 나는 돈이 없지."

"치잇, 어른이 뭐 그래? 음, 좋아. 내가 사줄게. 커피면 돼?"

"응."

어린애처럼 고개를 끄덕인다. 캔 커피와 내가 마실 밀크티를 사서 겐토에게 커피를 건네주었다.

"고마워. 돈은 줄게. 나중에."

둘이서 벤치에 앉아 음료를 마시는데 사장님이 나왔다.

"어서 오세요. 오늘은 오빠랑 같이 왔구나?"

"으악, 뭐예요. 그러지 마세요. 이 사람은 내가 사는 주택의 집주인 아들이라고요."

"그렇구나. 안녕하세요."

사장님이 인사했지만 겐토는 아래로 시선을 내리깔고 무표정하게 고개만 살짝 앞뒤로 움직일 뿐이었다.

"아, 그래. 신상품이 들어와서 마침 맛을 보려던 참이었어. 시식해줄래?"

빨간색 앞치마 주머니에서 아몬드 초콜릿 상자를 꺼내 열었다.

"고맙습니다. 잘 먹겠습니다."

하나를 쥐었다. 사장님이 겐토에게도 "괜찮다면 드세요" 하고 권하자, 겐토는 또 살짝 턱을 당기기만 하고 묵묵히 하나를 쥐었다. 아줌마가 얼마나 고생하는지 알 것도 같다. 낯을 가려서 귀여울 나이가 아닌데.

"달콤한 거 좋아해?"

아몬드 초콜릿을 먹는 나를 보고 겐토가 물었다.

"응. 진짜 좋아해."

"흠."

자기가 물었으면서 겐토는 별로 흥미가 없다는 듯이 대꾸했다.

게키야스당을 떠나 집 쪽으로 걸어가는데 신스이 공원이 보였다. 겨울이라 물놀이 하는 아이들은 없었다.

"아, 겐토라는 이름은 어떤 한자를 써?"

"어? 현명하다고 할 때의 현에 사람 인 자인데?"

"오, 잘 어울린다. 이름이 실체를 상징하네."

"지금 그 말, 네가 아니라 딴 사람이 했으면 야유라고 생각했을 거다. 뭐가 현명한 사람이야. 지금은 평범한 사람도 못 되고 폐인인데."

"안 그래. 타고난 영리함은 기본적으로 평생 안 달라진대. 학교 선생님이 그랬어."

그렇다. 이것도 기도 선생님이 한 말이다. 이다음에 "그러나 아무리 머리가 좋게 태어났어도 갈고닦지 않으면 제대로 활용하지 못하고, 아주 평균적인 두뇌나 그 이하로 태어났더라도 노력에 따라 충분히 쫓아갈 수 있고 추월할 수도 있습니다. 그러니 노력이 중요합니다"라고 이어졌다. 그런데 '타고난 영리함은 평생 달라지지 않는다'는 부분만 과장되어서 뒷

부분은 생략되거나 왜곡되어 보호자들에게 전달되는 바람에 '머리가 좋고 나쁜 것은 선천적이다'라는 소리를 학교 선생님이 학생들 앞에서 공공연히 하는 것은 옳지 않다고 문제가 되었다. 기도 선생님은 종종 이런 일을 겪는다. 악의가 없는데 오해를 산다. 나는 선생님이 언젠가 잘리지 않을지 조금 걱정이다. 제자의 걱정을 사는 담임이라니, 참 문제다.

"너는 꽃 화에 과실의 실을 써서 하나미지?"

"응. 꽃도 열매도 있는 인생을 살라는 바람을 담아서 엄마가 지었어."

"꽃도 열매도 있다. 좋네."

"그런데 사실은 '죽은 후에 꽃이 피고 열매가 맺히겠는가'라는 속담에서 따온 거래."

"아, 그렇구나. 개똥밭에 굴러도 이승이 좋다는 뜻이네?"

"응, 그러니까 살라는 거."

"하나네 엄마답다."

겐토가 바람 빠지듯이 후후 웃었다.

"갑자기 왜 이름 얘기야?"

"그냥 갑자기 생각이 나서. 신스이 공원 앞을 지나니까. '겐토'라는 이름이 적힌 수영복이."

"수영복이라니?"

나는 겐토에게 수영복 팬티 사건을 말했다. 그러자 겐토는 "그게 또 뭐야? 처음 들어" 하고 박장대소했다. 겐토가 이렇게 크게 웃는 것은 처음 보았다.

"그 두 사람이 할 법한 일이다."

너무 웃어 밭은기침까지 하며 말했다.

"그런데 몰랐다곤 해도 왠지 좀 미안하다. 그래도 그때는 이렇게 지저분하지 않았어. 몸도 마음도 깨끗한 어린애였어."

자기가 지저분하다는 걸 알기는 하는가 보다.

"나도 뭐 어렸으니까. 지금이라면 절대로 싫지만."

"나도 싫다. 그게 뭔 취미냐고, 범죄잖아. 아니지, 범죄는 아닌가? 그래도 싫어. 나는 폐인이지만 변태는 아니니까."

"그런 소리를 하는 시점에서 이미 기분이 나쁜데?"

이후 우리는 "뭐야", "뭔데" 하고 말다툼을 하며 집으로 돌아왔다.

며칠 후, 내가 학교에 다녀와 혼자 있을 때 초인종이 울렸다. 문구멍으로 내다보니 겐토였다. 문을 열고 "아, 안녕" 하고 인사하자 "안녕" 하고 고개를 까닥였다. 평소와 뭔가 다르다 싶었는데 수염을 깔끔하게 밀고 머리도 짧아졌다.

"이거 전에 그거. 고마웠어. 커피."

겐토가 작은 주머니를 내밀었다. 매화 그림이 그려졌다.

안에는 백 엔 동전이 있었다.

"그리고 이거. 감사 인사라고 하기는 좀 그렇지만."

이번에는 다른 손에 들고 있던 종이봉투를 내밀었다.

"뭐야?"

"케이크. 단 거 좋아한다고 했잖아."

텔레비전에 종종 나오는 유명한 가게의 봉투였다.

"어, 대단하다. 이거 유명한 파티셰가 하는 가게잖아?"

"응."

"여기 긴자에 있지 않아?"

"응. 몇 년 만에 지하철을 탔어."

"일부러 가서 사 온 거야? 아, 왠지 미안한데. 겨우 그런
거 가지고."

"아니야, 내가 하고 싶었어. 누군가를 위해서 뭔가 하고 싶
다고 생각한 게 오랜만이었어."

겐토가 조금 쑥스럽게 웃었다.

저녁이 되어 퇴근한 엄마에게 겐토가 케이크를 선물했다
고 알려주자, 엄마는 뛸 듯이 기뻐했다. 얼른 상자를 열어보
니 생전 처음 보는 아름답기 그지없는 케이크가 여섯 조각이
나 들어 있었다.

"오오오오! 대단해. 이거 비싸겠다."

엄마가 흥분해서 외쳤다.

"막 반짝여! 케이크가, 아니지, 이런 건 케이크 님이라고 불러야 해!"

엄마도 당연히 이 케이크 가게를 안다. 엄마는 텔레비전의 먹방 특집을 좋아해서 즐겨 본다. 그러나 그냥 순수하게 맛있겠다고 부러워하며 보는 게 아니라, "헉, 저 요만한 초콜릿이 하나에 천 엔이나 하다니. 돈가스 덮밥을 두 그릇은 먹겠다"라느니, "저 화과자, 하나에 팔백 엔이래. 게키야스당에서 도라야키를 대체 몇 개나 살 수 있지?"라며 반드시 엄마의 기준에 따른 다른 것으로 환산해서 트집을 잡는다. 그리고 "아무리 맛있는 음식이라고 해도 그 쾌락은 한순간에 불과해. 한 접시에 삼천 엔이나 하는 초밥도 입에 넣으면 행복이 한 시간도 안 가잖아? 그리고 마지막에는 다 똥이 돼. 비싼 것도 싼 것도"라고 난폭한 결론을 내렸다.

그러나 고급 디저트를 앞에 두고 춤이라도 출 듯이 기뻐하는 엄마를 보니 그것이 '여우와 신포도' 원리임을 알았다. 여우는 가지가 휘도록 주렁주렁 달린 포도를 보고 먹으려고 뛰어오르지만, 너무 높은 곳에 달려서 도저히 따지 못한다. 분하고 화가 난 여우는 "흥. 어차피 저 포도는 시고 맛도 없을 거야. 저런 걸 누가 먹어"라고 툴툴대며 포기한다는 이솝 우화다.

엄마도 사실은 비싸고 맛있는 것을 먹고 싶을 거다. 그러나 자기 입에 들어오지 않으니까 분해서 그런 소리를 하는 거겠지.

기뻐서 뺨을 붉히고 "그 아들 녀석, 알고 보니 눈치도 있고 좋은 사람이네"라고 말하는 엄마는 겐토를 싫어했던 과거도 까맣게 잊은 모양이다.

엄마는 기본적으로 뭔가 주는 사람은 좋은 사람이라고 한다. 좀 위험한 생각 같지만 지금은 아무 말 말아야지. 엄마는 누가 뭘 주면 계속 기억해두고 "그러고 보니 전에 ○○ 씨가 ○○를 준 적이 있지"라며 십 년 이상 지난 일도 마치 어제 일처럼 말한다. 다른 기억은 죄다 모호해서 학교 프린트 제출일이나 행사는 툭하면 까먹고 물건도 자주 잃어버리는데, 유독 남한테 받은 것에 한해서는 무대의 핀 조명처럼 발군의 기억력을 발휘한다. 마치 훈련을 받은 외국의 엘리트 첩보원 같은 능력이다. 겐토도 이제 엄마의 기억에 뚜렷하게 새겨지겠지.

왜 받은 물건을 그렇게 잘 기억하는지 묻자,

"추위에 떤 사람만이 햇볕을 따뜻하게 느낀다. 휘트먼〔19세기 미국의 시인 월트 휘트먼—옮긴이)이 한 말이야."

라는 대답이 돌아왔다.

휘트먼은 됐고, "남한테 받은 음식은 바로 먹으렴. 돌려달라는 소리를 하기 전에"라는 엄마의 지론에 따라 저녁을 먹기 전이었지만 케이크부터 먹기로 했다.

"이럴 때는 역시 홍차지."

엄마가 찬장에서 홍차 티백을 꺼냈다. 본 적 없는 브랜드다. 아마 게키야스당에서 저렴하게 판매하는 것이겠지. 머그잔에 뜨거운 물을 붓자 수채화 물감을 녹인 것처럼 순식간에 진한 갈색이 퍼졌다. 예전에 마리에의 집에서 마신 홍차는 이런 색이 아니었다. 마리에의 엄마는 미리 데워놓은 유리 찻주전자에 찻잎을 인원수에 맞춰서 티스푼으로 넣고, 막 끓인 물을 부어 뚜껑을 닫고 말했다.

"공기를 머금은 물을 따뜻하게 끓여서 찻주전자에 붓는 게 맛있는 홍차를 우려내는 요령이란다. 이렇게 하면 찻잎이 잘 점핑해서 홍차 성분이 잘 우러나니까 향기 좋은 홍차가 완성되지."

공기를 머금은 물이나 점핑이 무슨 소리인지 잘 몰랐지만, 그렇게 하니까 찻잎이 정말로 떠올랐다가 가라앉으며 주전자 안에서 상하 운동을 시작했다.

"이거 보렴, 점핑을 시작했어. 찻잎이 추는 춤이야. 홍차의 요정이 춤추는 것 같지? 아아, 정말 귀엽구나."

마리에의 엄마가 하도 흥분해서 나도 무심코 "오오오오"하고 소리를 냈다.

찻잎이 바닥에 가라앉자 마리에의 엄마는 차 거름망을 사용해 농도가 균일해지도록 찻잔에 돌려가며 따르고, "베스트 드롭이야"라며 마지막 한 방울을 떨어뜨린 것을 내게 권했다. 그것은 투명해서 말 그대로 홍색의 예쁜 차였다. 이렇게 뭔가 침전된 것 같은 까만색이 아니었다. 언제였더라, 내가 아팠을 때 집주인 아줌마가 한약이라면서 탕약을 가져다주었는데 그것과 색이 비슷했다. 입이 비뚤어질 정도로 썼는데 이건 괜찮을까? 아니야, 마리에 집에서 마신 홍차와 종류가 달라서 이런 거겠지. 그렇게 생각하기로 했다.

케이크는 과일이 풍부하게 올라간 타르트와 크림으로 만든 섬세한 장미가 장식된 것, 광택이 나는 표면이 마치 거울 같은 칠흑의 초콜릿 케이크, 그리고 스모키 그린 크림 위에 금박이 뿌려진 아마도 녹차 맛인 것까지, 전부 다 예술품 같았다.

나는 일단 초콜릿을, 엄마는 금박으로 장식된 케이크를 골랐다.

"한 입 먹으면 홍차를 열 번 마시렴."

엄마가 이런 말도 안 되는 소리를 했다.

"그렇게 했다가는 물배가 찰 거야."

"그것도 그러네. 자다가 오줌 싸면 큰일이지."

일단은 걱정하던 홍차를 한 모금 마셨다. 아무 맛도 안 났다. 마리에 집에서 먹은 홍차는 풍부한 과일 향이 코를 찔렀는데, 이 홍차는 독약 같은 색과 달리 맛도 향도 전혀 없었다. 그냥 색이 든 물이었다. 엽차처럼 쓰지 않아서 그나마 낫다. 케이크한테 왠지 미안했는데, 엄마는 상관없는지 "맛있다, 진짜 맛있어! 역시 다르네, 전혀 달라. 깊어, 맛이 깊어"라고 연신 외치며 홍차를 꿀꺽꿀꺽 마셨다. 나도 초콜릿 케이크를 먹어보았다. 촉촉하고 진득해서 살살 녹고, 무엇보다 카카오 향이 훌륭했다. 마치 유럽 귀족이 된 기분이었다. 먹을 것으로 우아해진 기분이 들다니, 역시 비싼 것은 비싼 값어치를 한다. 우리는 일일이 감탄하며 결국 케이크를 세 조각씩 해치웠다. 엄마는 티백 하나로 홍차를 석 잔이나 마셨는데, 석 잔째에는 당연히 색이 우러나오지 않아 숟가락으로 티백을 꽉꽉 누르다가 찢어져서 속이 나와 버리는 비극이 벌어졌다. 어떤 의미에서는 찻잎이 점핑한 셈이다.

케이크 덕분에 평소처럼 검소한 저녁을 먹었는데도 충분히 만족할 수 있었다.

겨울방학이 되었다. 겨울인데도 따뜻하고 바람도 불지 않는 날이어서 방 청소라도 하려고 창을 열었는데, 주택 앞마당에 겐토가 있었다. 쪼그리고 앉아서 뭔가 하고 있었다. 등을 둥글게 말고 흙을 만지작거리고 있었다. 옆에 가서 "뭐 해?" 하고 말을 걸자, 겐토가 눈이 부신 표정으로 나를 돌아보고,

"씨앗을 심는 중이야."

라고 대답했다.

"씨앗?"

"응, 이거."

그러더니 검지와 엄지로 쥔, 쭈글쭈글한 호두 같은 갈색 물체를 보여주었다.

"무슨 씨앗인데?"

"복숭아야, 복숭아. 여름에 먹었잖아. 내 방에서."

"어, 그때? 여름방학?"

"응, 오늘 뭘 찾는데 이게 나오더라."

벌써 몇 개월이나 지났는데. 그동안 계속 방을 청소하지 않았다는 소린가. 복숭아 씨앗을 내버려둔 채로. 역시 이 사람은 참.

"괜찮아? 안 썩었어?"

"괜찮아. 씨앗은 생명력의 근원이야. 수백 년이나 된 씨앗

에서 싹이 난 예도 있으니까."

그건 보존 상태에 따라 다르지 않을까? 칙칙한 공기가 충만한 겐토의 지저분한 방을 떠올리자 답답해졌다. 그러나 겐토는 진지하게 삽으로 흙을 팠다.

"도와줄게."

겐토 옆에 앉아 근처에 있던 나무 막대기로 땅을 팠다. 땅이 딱딱해서 파기 어려웠다.

"꽃도 열매도 있다. 그래, 꽃도 열매도 있어."

씨앗에 흙을 덮으며 겐토가 말했다.

"복숭아는 봄에 아름다운 분홍색 꽃을 피우고 여름에 열매를 맺어. 그러니까 괜찮아."

이런 말도 했다. 씨앗을 전부 심은 뒤, 겐토와 나란히 마른 풀 위에 앉았다. 햇볕에 기분이 좋아졌다. 마른 풀에서 겨울 냄새가 났다.

"열매가 맺힐 때까지 얼마나 걸릴까?"

"음, 복숭아와 밤은 삼 년이고 감은 팔 년이라고 하는데 그럴듯한 걸 수확할 수준까지 자라려면 좀 더 걸리겠지. 경작된 밭과 다르게 여긴 땅이 좋지 않으니까. 뭐, 비료를 대신해서 내가 내일부터 아침마다 오줌을 눠야지."

"하지 마. 그랬다가는 씨앗이 썩어서 싹이 안 틀 거야."

겐토가 헤헤 웃었다.

"농담은 그만두고, 열매가 제대로 맺히려면 오륙 년은 있어야겠지?"

"어, 그렇게 나중이야? 나는 고등학생이 되겠다. 겐토는 아저씨."

"요걸 그냥."

"아줌마는 할머니."

"흠, 죽었을지도 모르지?"

"또, 그런 소리 하지."

엄마는? 여전히 지금과 같은 일을 할까? 분명 그때도 건강하겠지?

"만약 열매가 맺히면 제일 먼저 우리 엄마한테 먹여주라."

"왜? 햇과일이라서?"

"그것도 있는데. 그때 가자마 씨한테 받은 복숭아, 우리끼리 먹었잖아. 가자마 씨는 엄마랑 먹으라고 했어. 그러니까 죄를 갚으려고."

"몇 년에 걸친 속죄네. 그보다 나는 언제 공범이 된 거야? 그래도 그 전에 여기에서 복숭아꽃을 보며 꽃놀이를 해야지. 한 번인가 간 적 있어. 초등학교 1학년 봄방학 때 야마나시에. 아버지가 운전하는 차를 타고 엄마랑 가족 셋이서. 정말 예뻤어. 복숭아꽃이 만개해서 복숭아색 구름이 주변 풍경을 다 뒤덮은 것 같았어. 셋이서 그걸 보면서 도시락을 먹었어. 푸른 하늘과 멀리 보이는 남알프스 산맥에 아직 눈이 남아 있었고, 새가 지저귀는 소리가 들렸어. 천국이 있다면 분명 이럴 것만 같았어."

겐토는 눈을 감고 고개를 들어 햇볕을 받았다.

"정말, 정말 아름다웠어. 즐거웠고."

눈을 감은 겐토의 눈꼬리에서 무언가가 반짝였다. 그것이 점점 더 부풀더니 주르륵 한 줄기가 흘러내렸다. 당황한 나머지 시선을 피하고, 나도 겐토처럼 눈을 감고 태양으로 고개를 돌렸다.

"응, 예뻤겠다, 복숭아꽃."

만개한 복숭아꽃을 상상했다. 아까 심은 씨앗이 싹을 틔우고 커다랗게 자라 꽃을 피운다. 네 그루 모두 만개한다. 그 아래에서 꽃놀이를 하는 나와 엄마와 아줌마와 겐토. 아아, 마리에랑 미키도 있다. 가자마 씨. 그래, 가자마 씨는 복숭아를 준 사람이니까. 복숭아 꽃잎이 춤을 췄다. 주변이 복숭아색으로 물들었다.

"도원향이라고 합니다."

기도 선생님이었다. 역시 선생님은 아는 게 많다. 모두 웃는다, 웃는다.

엄마가 나무에서 복숭아를 땄다. 꽃이 핀 가지에 복숭아도 주렁주렁 맺혔다. 엄마와 아줌마가 햇과일이라고 호들갑을 떨며 복숭아를 깨문다.

"어쩜, 꽃도 있네."

엄마가 말해서 고개를 들자, 그곳에는 복숭아꽃과 열매가 있었다.

"꽃도 열매도 있다, 엄마."

나는 빛을 잡으려는 듯이 가지로 손을 뻗었다.

D랜드는

멀다

나는 아마 지금 일본에서 가장 돈에 집착하는 초등학생일
거다.

급식을 먹기 조금 전에 이걸 깨닫는 바람에 좋아하는 그
라탱이 나왔는데도 맛이 하나도 없었다. 머릿속이 조금 전에
생긴 일로 꽉 차버렸다.

"가을 연휴에 마리에랑 미키, 드리밍랜드에 간대. 하나도
갈 거니?"

린이 갑자기 한 말을 듣고 심장이 쿵쿵 뛰었지만,

"어, 아, 응, 뭐."

하고 얼버무렸다.

어? 뭐야? 마리에랑 미키가? 드리밍랜드에 간다고?

학교 도서관 앞에서 얘기 중인 둘에게 접근해 문득 생각
났다는 듯이 물었다.

"저기, 있잖아, 들은 얘긴데 둘이 이번에 드리밍랜드에 간
다며?"

그 순간, 마리에와 미키는 눈에 띄게 당황했다. 둘은 어쩔
줄 모르는 표정으로 얼굴을 마주 보았다.

"으, 응. 본격적인 수험 준비에 들어가기 전이라서 쉴 겸
해서, 이번에 연휴잖아. 하루는 모의고사를 봐야 하는데 다른

강좌는 다른 날로 바꿔도 돼서 시간이 날 것 같아서, 그래서 가볼까 하고."

늘 당차고 활발한 미키인데 어쩐지 어물어물 말꼬리를 흐렸다.

"좋겠다, 나도 가고 싶어."

"아, 그래도 원데이 패스포트가 육천 엔부터이고 교통비도 있고, 점심도 거기서 먹으니까 돈이 많이 들 텐데?"

마리에가 머뭇거리며 말했다. 둘은 미안하다는 듯이 고개를 푹 숙였다.

아아, 그렇구나. 그거 때문이구나.

나를 배려한 것이다. 둘은 우리 집이 모녀 가정이어서 여러모로 힘든 것을 안다. 하지만, 그건 알지만, 이런 식의 배려나 다정함은 너무나 비참하다.

"에이, 괜찮아, 그 정도는. 나 세뱃돈을 모아뒀으니까."

"정말로? 그럼 같이 갈 수 있어?"

둘의 표정이 환하게 밝아졌다.

헉. 왜 이런 소리를 해버렸을까. 어떡해, 어떡해. 물러나려면 지금이야. 그런데 내 입에서 나온 말은,

"응, 응. 셋이 같이 가자."

였다.

"와아! 하나도 같이 가다니 최고야. 나도 셋이서 가고 싶었어."

"진짜 다행이다. 우리 다른 중학교에 가니까, 나도 이왕 갈 거면 셋이서 가고 싶었어. 다행이야, 하나도 같이 가서."

둘 다 아주 기뻐하며 신이 났다. 어쩌지.

"그럼 전철 시간 같은 건 내가 알아볼게. 와아, 재밌겠다. 마음껏 놀자."

"으, 응."

어쩌지? 어쩌지?

기뻐하는 둘과 달리 나는 돌이킬 수 없는 짓을 저질러버린 후회에 손가락 끝이 차가워졌다.

티켓 값이 육천 엔이고 교통비랑 점심 값까지 더하면 최소 팔천 엔이면 될까? 아니, 더 들겠지. 만 엔 정도? 말도 안 돼, 만 엔을 어떻게 마련해.

엄마의 얼굴이 떠올랐다. 남자들과 섞여 공사 현장에서 일하는 엄마. 여름이면 흙먼지 때문에 시커먼 구슬땀을 흘리고, 겨울이면 사정없이 휘몰아치는 북풍 때문에 뺨이 갈라져서 센베이처럼 금이 가기도 한다. 엄마는 "그만큼 돈을 잘 받아"라고 말하지만, 그 잘 받는다는 돈으로 우리 집이 잘사는가 하면, 절대 그렇지 않다.

식탁 위에는 폐점 직전에 사서 반값 스티커가 붙은 것들 뿐이다. 그래서 우리 집 쓰레기봉투는 밖에 내놓으면 어떤 건지 금방 알아본다. 반투명한 봉지 너머로 반값 스티커들이 비쳐 보이니까.

엄마는 벌써 몇 년이나 자기 옷을 사지 않는다. 상의도 하의도 닳아 떨어질 때까지 입을 생각인지 똑같은 옷을 세탁해서 계속 입는다. 셔츠는 사방에 실밥이 늘어졌고 속옷은 어깨끈이 줄줄 늘어나서 자꾸만 흘러내린다. 겨울에 입는 긴소매 속옷도 다 늘어나서 어느 순간 보면 겉옷 소맷부리로 삐죽 나와 있다. 옷깃에 손을 넣어 잡아당기면 이번에는 또 반대쪽이 쭉 삐져나온다. 팬티도 전부 헐렁헐렁해서 허리와 다리가 나오는 세 곳의 폭이 거의 같아 어디로든 다리와 몸을 넣을 수 있다. 세탁해서 철사 옷걸이에 오징어처럼 걸어놓은 그것은 그대로 연처럼 날릴 수 있을 것 같아서 속옷 도둑도 그냥 지나칠 것이다.

엄마는 안 보이는 곳이니까 괜찮다고 한다.

"보이지 않는 곳에 돈을 쓰는 게 진짜 세련된 거라고."
라고 말해주자,

"엥? 그건 또 무슨 말도 안 되는 소리야? 보이는 곳에도 돈을 못 쓰는데. 걸칠 게 있으면 그만이지."

라고 대답했다. 그런 엄마한테 놀이공원에 가고 싶으니까 만 엔을 달라는 소리는 절대 못 한다. 아니, 내가 부탁하면 돈을 주긴 할 것이다. 지금까지도 엄마는 내가 불편하지 않도록 남들 수준에 전부 맞춰주었다. 게임기도 게임 소프트도 중고지만 다 사주었고, 옷도 저가 매장에서지만 내가 좋다는 것을 사주었다. 아마 이번에도 무리해서라도 돈을 줄 것이다. 나는 무리하는 게 싫은 거다. 내가 놀기 위해서 엄마가 무리를 하는 것이.

하지만 가고 싶다. 드리밍랜드에는. 마리에와 미키는 내년에 사립중학교 입시를 치른다. 이제 멀리 가버린다. 헤어지게된다. 셋이서 추억을 만들고 싶었다.

그렇다고 만 엔이라니.

세뱃돈 따위 없다. 세뱃돈을 줄 할머니, 할아버지나 친척이 나한테는 없으니까.

어쩌지? 어쩌지?

어쨌든 돈이 필요하다. 하지만 초등학생인 내가 뭘 할 수 있지? 일하지도 못하는데. 혹시 어디 돈이 떨어져 있지는 않을까. 바닥을 살펴보면서 집으로 돌아왔다. 도중에 복권 판매장 앞에서 걸음을 멈췄다. 한 장에 삼백 엔. 팔백 엔 정도라면 있다. 집안일을 도우며 조금씩 모았다. 복권은 초등학생도 살 수 있나? 몇 억이나 받는 1등이 아니어도 좋다. 만 엔, 딱 만 엔이면 되는데. 하지만 당첨이 안 되면 삼백 엔이 날아간다. 드리밍랜드가 점점 더 멀어진다.

집에 돌아오자마자 헌책방에서 산 과월호《차오》를 끄집어내 만화 스쿨 페이지를 펼쳤다. '그랑프리 백만 엔'이라는 글자가 눈에 들어왔다. 거기까지 가지 않아도 첫 투고상을 받으면 만 엔이다.

나는 만화가 특기다. 우리 반에서 일러스트를 제일 잘 그린다. 다들 그렇게 말한다. 하지만 지금부터 그려서 투고해도 발표는 석 달 후다. 당연히 늦는다. 게다가 켄트지나 스크린톤이나 펜 같은 본격적인 만화 도구를 갖출 방법도 없다.

아아아. 결국 고민하고 또 고민한 끝에 내가 할 수 있는 일이라고 떠올린 것은 고작 자판기의 거스름돈 줍기였다. 이거, 습득물이니까 엄밀히 말하면 범죄 아닌가? 아니지, 이런 소리를 할 상황이 아니다. 이 부분은 아직 초등학생이니까 너그럽게 봐줬으면 좋겠다.

나는 그날부로 열심히 거스름을 주우러 다녔다. 6학년이 된 후부터 미키와 마리에는 매일 입시 학원에 가니까 놀지 못한다. 나는 우리 반에서 유일하게 자유롭다. 학원에 다니지도 않고 뭘 배우지도 않으니까. 그런 덕분에 방과 후에 여유만큼은 많았다.

두 시간 가까이 마을을 돌아다니며 찾은 것이라곤 자판기 아래에 떨어져 진흙 묻은 새까만 십 엔 동전 하나뿐이다. 뭐, 이런 거지. 일주일간 이렇게 해서 고작 오십 엔 하나와 십 엔 세 개를 모았다.

그런데 어느 날, 자판기 아래에서 반짝이는 것을 발견했다. 아마도 백 엔. 아니, 어쩌면 오백 엔 동전일지도 모른다. 지금까지 중 최고 기록인데?

바닥에 배를 깔고 팔을 뻗었다. 닿지 않는다.

공원에서 주운 나뭇가지를 밀어 넣었다. 이건 내 비밀 도구로 요즘 매일 들고 다닌다. 그러나 마음대로 되지 않았다. 나뭇가지에 밀려 오히려 점점 안쪽으로 들어갔다.

"에잇, 젠장. 조금만 더."

정신없이 집중하는데,

"꼴불견이다. 거스름돈을 훔치다니, 간도 커. 바보가."

위에서 목소리가 들렸다. 고개를 돌리자, 옆 반의 네모토와 사와이가 나를 내려다보고 있었다. 싫은 애들한테 들켜버렸다. 둘은 선생님한테도 툭하면 대드는 문제아로, 기도 선생님의 등에 더러운 걸레를 집어 던지거나 머리에 분필 가루를 날리기도 한다. 역광 때문에 표정이 잘 보이지 않았는데 둘

다 히죽히죽 웃는 것 같았다.

"얘, 전에 다른 자판기에서도 똑같은 짓을 하더라. 내가 봤어."

"히익, 쪽팔려라. 기타마치 초등학교의 수치야."

"얘네 집, 모녀 가정이라 가난하니까 어쩔 수 없지."

둘이 어깨를 떨며 웃었다. 나는 엎드린 채로 놈들을 노려보았다.

"뭐야, 불만이라도 있어?"

사와이가 주머니에 손을 찔러 넣고 한쪽 발을 들어 공을 차려는 자세를 취했다.

온다. 순간 온몸에 힘을 주고 눈을 감았다.

"그만해. 그건 위험해. 선생님한테 이르면 큰일이라고."

네모토가 사와이의 어깨를 붙잡았다.

"흥, 거지 같은 게. 꼴불견이야, 머저리."

사와이가 밉살스러운 말을 퍼붓고, 둘은 멀어졌다.

자판기 아래로 뻗은 손을 빼고 천천히 일어났다. 손도 발도 새까맣다. 아마 얼굴도 지저분하겠지. 옷에 붙은 먼지를 털었다. 손을 펼쳤다.

백 엔이었다.

그래도 지금까지 중 최고 기록이다. 자연스럽게 미소가 지어졌다.

뭘 알아? 뭘 알아? 너희가 뭘 아느냐고?

꼴불견이라도, 머저리여도 나는 드리밍랜드에 가고 싶다.

마리에와 미키는 같이 사립중학교에 간다. 멀어진다. 저학년 때부터 계속 사이가 좋은 친구였는데.

"부속 중학교에 들어가면 그대로 대학까지 올라갈 수 있어."

예전에 둘이 그런 얘기를 했다.

대학. 나는 대학에 갈 수 있을까. 지금 내게는 대학도 드리밍랜드도 한없이 멀다.

집에 돌아와 옷을 갈아입고 얼굴과 손발을 씻었다. 씻는 김에 주운 백 엔도 씻었다. 생각보다 깨끗해졌다. 이거야말로 리얼한 돈세탁. 텔레비전에서 최근 본 단어가 떠올랐다.

밤에 엄마와 저녁을 먹으며 텔레비전 뉴스를 보는데, 유흥 자금을 구하려고 자전거를 타고 날치기를 반복한 남자 중학생 여러 명이 붙잡혔다는 보도가 나왔다.

유흥 자금을 구하려고. 지금 내가 딱 그렇다. 놀러 갈 돈이 필요하다. 저 날치기 중학생들과 종이 한 장 차이일지도 모른다. 요 며칠간 돈 생각만 했고 아무리 수치스러운 짓이라도 아무렇지 않게 저질렀다. 물불 안 가린다는 게 바로 이거다.

중학생들의 심정을 이해했다. 나도 무슨 짓을 할지 모른다.

에이, 아니야, 아니야. 나는 절대 그러지 않을 거야. 엄마를 울리는 짓만은 하지 않을 것이다.

아아, 그만둘래. 그만둘 거야. 이제 그만두겠어.

내일 마리에와 미키에게 일이 생겼다고 말하고 거절해야지. 둘은 어떻게 생각할까? 실망하겠지. 아니면 그럴 줄 알았다고 생각할까? 거짓말을 다 들켰을지도 몰라. 됐어, 이제. 괜찮아, 이제는.

"왜 그러니?"

젓가락질을 멈춘 내 얼굴을 엄마가 들여다보았다.

"으응, 아니야. 아무것도 아니야."

그래. 이런 것쯤 아무것도 아니다.

"이거 맛있다. 무슨 회야?"

"아아, 그건 자연산 방어인데 폐점 직전이어서 반값의 또 반값이었어. 거의 공짜라니까. 그렇게 생각하고 먹으니까 더 맛있지 않니?"

엄마가 깔깔깔 웃었다. 나도 웃었다. 그래, 웃어넘기면 된다. 내가 어떻게 하지 못하는 건 웃어넘기자.

그래도 나는 빨리 어른이 되고 싶다.

돈을 벌 수 있는 어른이.

그러면 엄마를 드리밍랜드에 데리고 가야지. 그때는 오늘
을 떠올리고 또 웃어줄 테다.

은 행

줍 기

매년 있는 일인데도, 은행잎이 황금색으로 반짝이고 겨울 냄새가 뒤섞일 무렵이면 우리 모녀는 조금 침착성을 잃는다. 특히 밤에 바람이 세차게 분 다음 날은.

"오늘은 그거지."

"응."

둘이서 히죽 웃는다. 그렇다, 이런 날은 은행 줍기에 최적이다. 어젯밤 세차게 분 바람 덕분에 은행이 분명 우수수 떨어졌을 것이다.

매년 늦은 가을, 우리 모녀는 은행 줍기에 나선다. 풍류도 아니고 오락도 아니다. 순수하게 일용할 양식을 얻기 위해서다. 먹고살기 위해 은행을 줍는다. 농담이 아니라 주운 은행으로 한동안 견디는 것이다. 은행은 우리 집 식량 사정의 한 부분을 든든히 맡아준다.

전쟁 중에는 은행이 귀중한 식량 자원이었다는데, 요즘 세상에 그렇게 생각하는 사람이 있을까? 아, 있지, 여기에. 우리는 은행을 잘 먹는다. 특히 엄마가. 은행을 너무 많이 먹으면 독성 때문에 때로는 생명이 위태로울 가능성이 있다는데, 엄마는 내성이라도 생겼는지 많이 먹는데도 지금까지 안 좋은 일은 생기지 않았다(하지만 착한 어린이는 따라 하면 안 돼요).

나한테는 세쓰분〔입춘 전날 밤으로, 귀신을 쫓기 위해 콩을 뿌리고 자기 나이만큼 콩을 먹는 풍습이 있다—옮긴이) 때의 콩처럼 "나이만큼만"이라고 잔소리를 한다. 실제로 은행을 자기 나이 이상으로 먹으면 안 된다는 소리가 있다는데, 엄마는 그 기준을 훌쩍 넘었다.

"은행은 스태미나 음식이라고 할 정도로 영양이 풍부하거든."

엄마는 보관해둔 낡은 봉투에 은행을 넣고 전자레인지에 딱 일 분 정도 가열한다. 이때 주의해야 할 점은, 은행알을 미리 부엌 가위로 조금 잘라두는 것이다. 그렇게 하지 않으면 테러가 났나 싶을 정도로 폭발음을 내며 알맹이가 터진다.

이렇게 먹는 은행은 비취색이어서 예쁘고 쫄깃쫄깃 맛도 좋다. 충분히 요깃거리가 된다. 아니지, 엄마는 거의 주식처럼 먹는다.

그래도 역시 은행의 독성이 걱정되어서 말을 꺼낸 적이 있다. 그러자 엄마한테서는 이런 대답이 돌아왔다.

"배가 고파서 죽는 거랑 은행을 먹고 죽는 것 중에 어느게 좋니? 엄마는 배고파서 죽는 건 싫어."

다른 음식을 먹는 선택지는 왜 없는데? 아무튼 엄마에게는 늘 '먹는 것'이 이긴다. 그래서 우리 모녀는 열심히 은행을 줍는다. 공원에서, 가로수 길에서, 신사에서, 모녀가 은행을 줍는 광경은 꽤나 서정적이어서 마치 한 계절의 풍경처럼 사랑스럽게 보일지 모르지만, 우리에게 은행은 그런 달콤한 것이 아니라 그야말로 살기 위해 구하는 절박한 식량이다.

엄마 머릿속에는 일찌감치 은행 지도 같은 것이 완성되어서, 엄마는 어디에 가면 물고기를 낚을 수 있는지 알려주는 어선 탐지기처럼 어디서 얼마나 은행을 주울 수 있는지 파악하고 있다. 나무에 따라서 알이 아주 작은 것도 있다. 이러면 손질하는 데 시간도 걸리고 먹을 것도 거의 없으니까 고생만 하고 득이 없다. 그러므로 피한다. 줍는다면 최대한 큰 것이 좋다.

나무는 크지만 공원처럼 바로 아래에 화단이 있는 경우, 거기 떨어진 은행에 손을 뻗어 주우려고 하면 공원 관리사무소 사람이 "화단이 망가지니까 하지 마세요"라고 경고하고, 빨리 가지 않으면 청소하는 사람들이 깔끔하게 청소해버린다. 심지어 우리가 줍는 것을 알면서도 은행이 잔뜩 떨어져 있는 곳부터 보란 듯이 청소를 시작해서(청소할 곳이 달리 얼마든지 있는데도), 쫓겨나듯이 그곳을 떠난 적도 있다.

신사 중에는 '참배객 이외에 은행 줍기는 삼가십시오'라는 종이를 붙인 곳도 있다. 엄마는 "치사하기는. 신이 저런 소리를 할 리가 없잖아" 하고 투덜댔다.

은행나무는 어디에나 있지만 열매가 굵고 누구나 자유롭게 주울 수 있으며 줍기도 편한 장소는 생각보다 한정적이다. 아무리 많이 떨어져 있어도 교통량이 많은 길가에서 주우면 안 된다.

그나저나 은행은 왜 그렇게 냄새가 심할까? 아무리 생각해도 식물 같지 않은 냄새를 풍긴다. 진짜 똥 같다. 똥이 아닌데 똥 냄새가 나니까 최악이다. 물에 흠뻑 젖은 옷을 입은 것만 같다. 내가 은행이었다면 신을 원망했을 거다.

냄새 문제도 있고 맨손으로 건드리면 손에 염증이 생긴다고 해서 두꺼운 비닐장갑을 끼고 줍는다. 물론 이 비닐장갑은 은행 줍기 전용이다.

초등학교에 입학한 해, 11월 중순을 지나 있었던 일이다. 전날 밤에 바람이 세차게 분 일요일이었다. 아침에 눈을 떠서 옆에 누워 있는 엄마를 봤는데, 엄마도 눈을 뜨고 있었다.

"오늘은 그거지."

"응, 은행 줍기에 아주 좋은 날이야."

아침을 먹고 자전거를 타고 얼른 은행을 주우러 갔다.

"새로운 어장을 개척했어. 알도 굵고 신사인데 참배하지 않는 사람은 줍지 말라는 치사한 소리도 안 해. 조금 안쪽에 있거든. 노다지야. 나무도 수령이 몇백 년이나 된 신목이니까 틀림없이 행운이 있을 거야."

그 신사는 엄마의 말처럼 대로에서 조금 들어간 곳, 주택가 안쪽에 있었다. 거대한 은행나무가 두세 그루 있었고, 사방에 열매가 떨어져 있었다. 그중에서도 금줄을 둘러놓은 가장 큰 나무가 아마 신목일 것이다. 두말할 것 없이 두 배로 감사하다. 신선한 은행 냄새가 코를 찔러 풍작을 예감했다. 우리 말고는 사람이 없다. 자연히 웃음이 나왔다.

줍기 시작하자마자 슈퍼 봉지가 금방 가득 찼다. 그 자리에서 껍질을 벗겨 버리고 가는 사람도 있다는데 우리는 절대 그러지 않는다. 최소한의 에티켓이다. 집에 돌아가서 마당 앞에 있는 수도에서 둘이 같이 씻는다. 수도를 쓰게 해준 감사 인사로 집주인 아줌마에게도 나눠준다. 그러면 아줌마는 "어머나, 이렇게 많이 받아도 돼? 은행은 사려면 비싸거든" 하고 고마워했다.

'사려면 비싸다'라는 문장은 엄마와 아줌마의 대화에 툭하면 등장한다. 사려면 비싸다는 소리는, 실제로 사지 않는데 사지 않고 손에 넣는 것이 그렇게 많다는 소린가? 하지만 '사려면 비싸다'라고 말하는 두 사람은 정말 즐거워 보였다.

한 봉지를 다 채우자 제법 무거웠다.

"들고 가기 힘들겠다."

"무슨! 짊어지고서라도 들고 갈 거야. 오늘 하루 만에 월동할 만큼 주웠잖아."

동면 준비를 하는 동물 같다. 그래, 우리는 동면을 앞둔 다람쥐 모녀다. 이렇게 생각하니 즐거웠다.

한참 줍는데 배례전 안쪽에서 우아한 음악이 들렸다. 신사와 아주 잘 어울리는 엄숙한 음색이었다. 잠시 후, 배례전의 문이 조용히 열리고 안에서 사람이 나왔다. 옛날 귀족 같은 복장을 한 신관과 무녀, 그 뒤를 이어 양복을 입은 남자와 전통 정장을 입은 여자, 그리고 머리를 묶고 기모노를 입은 여자애.

아.

같은 반의 마리에였다.

고개를 든 나와 눈이 마주쳤다. 마리에도 아, 하고 입을 벌렸다.

"하나."

마리에가 내 이름을 부르자 마리에의 아빠와 엄마도 이쪽을 보고 알아차렸는지 웃으며 인사했다. 엄마는 아줌마가 뜨개질로 만들어준 형광 초록색과 노란색과 검은색 줄무늬, 마치 독이 있는 벌레 같은 배색의 털모자를 허둥지둥 벗고 고개

를 꾸벅 숙였는데, 정전기 때문에 머리카락이 죄다 거꾸로 서
서 차라리 모자를 쓴 게 나았다.

"마리에, 뭐 해?"

"시치고산(남자아이가 세 살, 다섯 살, 여자아이가 세 살, 일곱 살
이 되는 해에 성장을 축하하기 위해 신사나 절에 참배하는 행사. 11월
15일 전후에 행해진다―옮긴이)을 하러. 너도?"

"아니, 은행을 주우러 왔어."

은행으로 빵빵하게 부푼 봉지(바닥에는 뭉개진 열매에서 나
온 물이 고였다)를 들자, 마리에의 아빠와 엄마가 동시에 "어엇"
하고 반응하며 순간적으로 몸을 뒤로 물렸다. 그래도 곧 자세
를 바로 하고 "어, 어머나, 대, 대단해라. 그렇지, 여보?", "으,
응. 고생 많으십니다"하고 억지 미소를 지었다.

"좋겠다. 나도 나중에 같이 주워도 돼?"

마리에가 묻자, 마리에의 부모님은

"오늘은 안 돼, 오늘은 절대로 안 돼."
라며 고개를 절레절레 저었다.

세 사람은 계단을 내려와 배례전 앞에서 사진을 찍기 시
작했다. 아빠가 마리에의 독사진을 찍고 엄마와 선 둘을 찍기
도 했다.

마리에는 정말 예뻤다. 사극에 나오는 공주님 같았다. 깔

끔하게 묶어 올린 머리에 분홍색 장미 머리 장식을 꽂았고, 기모노는 하늘색 바탕에 둥근 공, 모란, 벚꽃 무늬였다. 입술 연지를 바르고 어른처럼 눈에도 화장했다. 나는 그저 멍하니 바라보았다. 엄마도 옆에서 황홀한 표정을 짓고 있었다.

마리에와 엄마를 여러 장 찍은 뒤, 아빠가 셋이서 사진을 찍고 싶은지 디지털카메라를 들고 주변을 둘러보았다. 얼굴이 이쪽을 향해서 엄마가 알아차리고 한 걸음 나서려고 했는데, 무녀가 옆에서 재빠르게 나와 "제, 제가 찍어 드릴게요" 하고 허둥지둥 말했다. 엄마가 나를 보고 쑥스럽게 헤헤 웃으며 물러났다.

마리에를 가운데에 두고 세 사람이 나란히 섰다. 이런 걸두고 그림 같다고 하는 걸까. 엄마는 예뻤고 아빠는 늠름했고 마리에는 귀여웠다. 늦은 가을의 부드러운 햇빛을 받으며 미소 짓는 세 사람은 정말 멋있었다. 촬영을 다 마치고,

"그럼 저희는 먼저 실례하겠습니다. 저쪽에 짐을 뒀거든요."

마리에의 아빠가 인사를 한 뒤, 셋은 사무소 쪽으로 걸어갔다. 마리에가 "하나, 안녕" 하고 손을 흔들어서 나도 은행 봉지를 들지 않은 손을 흔들었다.

시간이 지나 그때를 떠올려도 나는 부러움이나 질투심 같

은 것은 전혀 들지 않는다. 부러워하거나 질투하는 마음은 적어도 자신과 비슷한 환경이나 처지나 상황에 있는 사람에게 생기는 것 아닐까?

아카데미 시상식에서 연설하는 할리우드 여배우나 아랍 왕족의 호화로운 생활을 텔레비전으로 보면서 몸을 비틀어가며 진심으로 질투하는 사람이 일본에 있을까? 그런 사람은 자신도 같은 위치까지 올라갈 수 있다고 믿는 대단한 야심가겠지.

나와는 너무나 먼 사람, 완전히 다른 세계의 사람은 질투의 대상이 되지 않는다. 같은 수준이나 계급인 사람에게 질투를 느끼는 법이다.

만약 그때 내가 질투를 한다면 알이 굵은 은행을 나보다 많이 주운 사람에게 했을 것이다.

시치고산이 무엇인지는 알지만 이상하게도 내가 거기에 포함된다는 생각은 하지 않았다. 세 살 무렵에는 어린이집에 다녔는데, 그때 어린이집에서 나눠준 '지토세 축하 사탕〔어린이들의 장수를 기원하는 가늘고 길쭉한 모양의 사탕. 시치고산 때 빼놓을 수 없는 과자다—옮긴이〕'이란 것을 먹은 기억뿐이다. 어린이집 친구도 시치고산을 하고 왔다는 소리를 하지 않았다.

그저 그날은 은행을 잔뜩 줍고 마리에의 공주님 같은 모습도 봐서 좋았을 뿐이었다.

"마리에, 진짜 귀여웠지."

엄마에게 말하자,

"어? 아, 응. 귀여웠어."

엄마가 힐끔힐끔 내 눈치를 살피듯 쳐다보았다.

"어? 왜 그래?"

"응, 아니야. 자, 돌아가자. 돌아가서 이거 껍질을 벗겨야지. 아직 날이 따뜻할 때 다 해버리자."

다음 날 학교에서 쉬는 시간에 마리에가 내게 와서 물었다.

"하나, 너도 그 신사에서 시치고산 해?"

"어? 시치고산은 모두 다 하는 거야?"

"다 하는 거 아니야?"

"그렇구나."

"혹시 할 거면 거기 신사 좋아. 지금은 어디든 붐비잖아. 모두 한꺼번에 기도하려고 하니까. 사진도 편하게 못 찍어. 그래도 거기는 아는 사람만 아는 노다지래."

정말 노다지였다. 은행 줄기의.

"그 신사를 추천한대. 우리 엄마가 하나네 엄마한테 전해주랬어."

"아, 그렇구나. 고마워."

은행 줄기에도 좋다고 추천하고 싶었지만 그냥 있었다.

저녁을 먹으면서 마리에 엄마가 전해주라고 했으니까 일단 말을 꺼냈다.

"오늘 마리에가 나보고 그 신사에서 시치고산을 하는지 물었어. 거기 추천한대. 마리에 엄마가 그랬대."

"어? 하나, 시치고산을 하고 싶니?"

"아니, 별로. 그냥 마리에가 전하라고 했으니까 얘기하는 거야."

"흐응."

"시치고산은 누구나 해야 해? 안 하면 안 돼?"

"꼭 해야 하는 건 아니지만. 엄마는 그런 거 안 했는데 이 나이까지 잘 살고 있으니까."

'어쨌든 살아 있다', 엄마의 경계선은 늘 거기다. 아무리 크게 실패해도 살아 있다. 수치스럽지만 살아 있다. 죽을 뻔했지만 살아 있다.

하지만 기준이 그거라면 세상의 거의 모든 일이 다 오케이이지 않을까?

"그냥 안 해도 돼. 그런 거 별로 하고 싶지 않고."

텔레비전으로 고개를 돌려 푹 빠진 척했다. 엄마는 말을 더 붙이지 않았다.

그다음 일요일, 아침을 먹고 나서 엄마가 "이거 좀 입어볼래?"하고 가슴 주머니에 금색 엠블럼이 수 놓인 남색 블레이저와 체크무늬 플리츠 치마, 하얀 블라우스를 가지고 왔다.

"이거 뭐야?"

"됐으니까 자, 얼른."

입어보니 다 너무 컸다. 엄마는 소매를 접거나 옷자락을 만지작거리고 다시 벗겼다. 오전 내내 엄마는 계속 바느질을 했고 나는 옆에서 숙제를 끝마쳤다. 점심을 먹고 나자, 엄마가 또 아까 그 옷을 입혔다.

소매가 짧아지고 옆을 줄여서 처음 입었을 때보다는 꽤 잘 어울렸다. 머리도 평소보다 시간을 더 들여 정성껏 빗겨주었다.

"엄마도 옷 좀 갈아입을게."

잠시 후, 엄마가 커스터드 크림색 블라우스에 까만 치마를 입고 나왔다. 학교 공개 수업 때 입는 조합이다.

초인종이 울렸다. "네, 누구세요?"하고 엄마가 문을 열자 청재킷을 입은 얼굴이 둥근 청년이 서 있었다.

"아, 고생이 많아. 여기 잘 찾아왔어?"

"네, 그럼요."

"하나, 이리 좀 오렴."

불려서 갔더니,

"얘가 하나야. 잘 부탁해. 이쪽은 후지모토 료스케 군. 사진 전문학교에 다녀. 미래의 사진작가지."

하고 소개했다. 후지모토 청년은 사진 장비가 담겼을 커다란 검정 가방을 어깨에 메고 있었다.

"그럼 갈까?"

엄마는 제비꽃 색 카디건을 걸쳤다. 우리는 밖으로 나왔다.

걸어서 간 곳은 우리 집에서 제일 가까운 신사였다. 신관이 있는지 없는지 모를 작고 쇠퇴한 신사지만, 여기에도 은행나무가 한 그루 있다. 그쪽을 보니 사방에 깔린 낙엽 위에 은행이 떨어져 있었다.

"아, 은행."

은행을 보면 반사적으로 줍는 습관이 든 나는 얼른 손을 뻗었으나, "오늘은 괜찮아, 오늘은" 하고 엄마가 말렸다. "오늘은 안 줍는 날이야"라고도 했다.

하얗게 부스러기가 일어난 새전함〔절이나 신사에서 부처나 신령 앞에 돈을 바치는 함—옮긴이〕에 웬일인지 엄마가 동전을 던졌고 우리는 합장했다.

"아, 맞아. 이거."

엄마가 가방에서 지토세 사탕 봉지를 꺼내 내게 줬다.

어, 아? 이거 시치고산이야?

엄마와 후지모토 청년을 번갈아 쳐다보았다. 후지모토 청년은 들고 있던 가방을 열어 카메라를 조립하기 시작했다. 본 적도 없는 커다란 렌즈였다.

"이제 괜찮을까?"

엄마가 후지모토 청년에게 묻자,

"그럼요. 네, 이쪽을 보세요. 찍을게요."

후지모토 청년이 카메라를 들었다. 렌즈가 나를 향하자 조금 긴장했다.

"자, 그럼 좀 더 가깝게 서 보실래요? 네, 좀 더 왼쪽으로."

후지모토 청년의 지시에 따라 여기저기에서 사진을 찍었다. 내 독사진도 잔뜩 찍었다. 촬영을 마치고 곧바로 역 앞 라면 가게에 갔다. 예전에 한번 온 적이 있다. 엄마가 휴일에 출근해서 특별 수당을 받은 날이었다.

"뭐든 먹고 싶은 거 시켜."

엄마가 후지모토 청년에게 메뉴를 건넸다. 후지모토 청년은 사양하는지, "그럼 라면으로"하고 대답했지만 엄마가 "더 먹어야지. 탕수육이나 만두. 아, 닭튀김도 시키자"하고 주문했다. 셋 다 엄마가 좋아하는 것이니까 자기가 먹고 싶었을 것이다.

"오늘은 축하하는 날이니까."

역시 그렇구나. 오늘은 시치고산 축하였어.

들어보니 후지모토 청년은 본가가 사진관을 운영해서 사진 전문학교에 진학하려고 상경했고, 엄마가 일하는 건축 현장에서 아르바이트를 한다고 했다. 아직 1학년인데 고등학생 때도 사진부 활동을 해서 상을 받은 적도 있다고 했다.

"장래 유명한 사진작가가 될지도 몰라."

엄마가 말하자 후지모토 청년은 "아니에요, 아하하" 하고 사람 좋은 웃음을 흘렸다. 말수가 적고 얌전한 청년이었다. 부탁을 받으면 거절하지 못할 사람이다. 아마 오늘도 엄마가 무턱대고 오라고 반쯤 강요했겠지.

셋이서 요리를 전부 해치웠는데, 결국 제일 많이 먹은 사람은 엄마였다. "축하하는 날이니까"라며 맥주도 주문해서 후지모토 청년에게도 권했는데, "저는 아직 미성년자라서요"라고 거절했다.

다 먹자 엄마가 지토세 사탕을 꺼내 손으로 똑똑 세 조각을 내 "짭짤한 걸 먹으면 꼭 달콤한 걸 먹고 싶다니까"라며 나눠주었다. 후지모토 청년은 사양인지 아니면 진심에서 우러

난 거절인지 모르겠지만 "아니요, 저는" 하고 얼굴 앞에서 손을 저었으나 "아니야, 오늘은 축하하는 날이라니까. 자, 자" 하고 엄마가 마지막에는 억지로 담배처럼 입에 물려주었다.

지토세 사탕이 정말 달아서 침이 잔뜩 고였다. 엄마도 후지모토 청년도 그런지 다 같이 침을 꿀꺽꿀꺽 삼키며 먹었다. 역시 오늘은 시치고산이었다.

"맛있다."

후지모토 청년에게 말하자 그도 "응" 하고 고개를 끄덕이며 웃었다.

며칠 후, 사진이 나왔다. 한 장은 크게 인화해서 패널로 만들었고, 한 장은 나무 액자에, 한 장은 섬세하게 장미 무늬를 세공한 실버 프레임 액자에 넣었고, 나머지는 앨범 한 권으로 만들어주었다. 전부 후지모토 청년이 해주었다.

이렇게까지 해줬지만 엄마니까 틀림없이 라면 가게에서 먹을 것을 사주고 다른 답례는 하지 않았을 것이다. 이래서야 후지모토 청년도 손해를 봤겠다.

집주인 아줌마에게 보여주자 "오오오, 좋구나. 정말 좋아. 사진관에서 괜히 무게 잡고 찍는 것보다 이게 표정이 자연스러워서 좋아" 하고 말했는데, 사진관에서 찍었다면 또 "역시 사진관에서 찍으니까 좋네. 전혀 달라"라고 말했겠지.

마리에 집에 놀러 갔을 때 사진관에서 찍은 시치고산 사진을 봤는데, 가게에 진열해놓은 사진처럼 멋있었고 세 사람 모두 선이 뚜렷해 보였다.

"와, 멋있다."

"그래? 나는 이때 얼마나 지쳤는지 몰라. 아침 일찍 일어나서 미용실에 가서 기모노를 입고 머리를 세팅하고, 엄마가 준비하는 데도 시간이 오래 걸렸어. 낮에 요정에 가서 잔치 요리를 먹었는데 기모노가 더러워지면 안 되니까 조심하라고 하도 시끄럽게 잔소리를 해서 완전히 녹초가 됐어."

내 사진을 보여주자,

"와, 귀엽다. 되게 어른스럽다. 언니 같아. 너희 엄마도 예쁘다."

라며 눈을 빛내서,

"사진사 실력이 좋아서 그래."

라고 말해주었다.

"사진사가 외부에서 촬영해준 거야? 대단하다. 출장 촬영이잖아. 그거 옵션으로 있는데 엄마가 진짜 비싸댔어."

그런가? 그러면 후지모토 청년에게 더욱 미안하게 됐다.

그때 찍은 사진을 종종 보곤 한다. 어려서는 남색 블레이

저의 엠블럼에 적힌 영어를 읽지 못했다. 지금은 초등학교 6학년이니까 'SEIRAN GAKUEN', 즉 '세이란 학원'이라고 적힌 것을 알 수 있다. 어느 학교의 교복 같은데 어떤 한자를 쓰는지, 어디에 있는 학교인지는 모른다. 아마도 엄마가 헌 옷가게에서 사 왔을 것이다.

인연이라곤 없는 학교의 교복을 입고 집 근처의 낡고 초라한 신사에서, 엄마가 어떻게 구워삶았는지 모르지만 사진작가 지망생인 청년을 오게 해서 사진을 찍었고, 축하 자리는 역 앞 라면 가게였으며 마지막에는 지토세 사탕 하나를 세 개로 나눠서 다 같이 먹었다. 이런 뒤죽박죽 엉망진창인 시치고산이었지만 우리 집다웠다.

그래도 그때를 계기로 마리에와 사이가 좋아졌다. 나중에 마리에의 집에 놀러 갈 때, 엄마가 은행을 가져다드리라고 억지로 줘서 마리에 엄마에게 전해드렸더니 기뻐했다(진심인지는 모르겠지만).

후지모토 청년은 그 후에도 엄마 직장에서 아르바이트를 했는데 졸업하자마자 고향으로 돌아갔다. 본가 사진관을 잇는다고 했다. 언젠가 방문해서 사진을 찍고 싶다. 물론 그때는 촬영비를 제대로 낼 것이고, 예전에 고마웠다고 말할 생각이다.

이후로도 엄마와 나는 매년 늦은 가을이면 은행을 주워서 먹었다. 다행히 둘 다 중독되지는 않았다.

안녕,

다 나 카

아니야, 진짜 그런 거 아니야.

순식간에 여자애들에게 둘러싸인 나는 같은 말만 반복했지만 차가운 시선은 달라지지 않았다.

"아니, 정말 엿봤다니까. 문틈으로."

"기분 나빠. 최악이야. 변태 신야!"

"그러니까 아니란 말이야. 문이 열려 있어서, 이상해서 닫으려고 했는데."

"흥. 그런 변명을 누가 믿어? 네가 열고 엿본 거잖아?"

"그런 짓을 내가 왜 해!"

5, 6교시 체육 수업은 수영이었다. 수영장 옆의 탈의실이 공사 중이어서 남자들은 다목적실, 여자들은 교실에서 옷을 갈아입었다. 나는 아침부터 속이 안 좋아서 견학만 하겠다고 했다. 수업을 마치고 잠깐 있다가 교실로 돌아왔는데 늘 출입하는 문의 반대쪽 문이 조금 열려 있었다.

아, 닫아야겠다. 반사적으로 그렇게 생각하고 손을 뻗었는데, 마침 교실 안에서도 열린 것을 알아차린 마쓰오카 사라가 다가왔다. '아' 하고 생각한 순간 눈이 딱 마주쳤다. 그 후에는 마쓰오카의 비명, 달려오는 여자애들, 둘러싸여 욕을 얻어먹는 나.

"애초에 오늘 수영 수업을 견학한 것도 훔쳐보려고 그런 거 아니야? 처음부터 그럴 생각이었지? 계획범죄였어."

"으악, 미카미. 장래 범죄자 결정이네."

"최악이다. 여자의 적이야."

입을 모아 말한다. 이렇게 되면 멈출 수 없다. 평소에도 여자애들한테 말로 이기지 못하니까. 울고 싶었다. 아니, 정말로 눈물을 흘렸다.

"울면 해결될 줄 알아?"

"울 정도면 처음부터 안 보면 되잖아."

"에로 변태에 울보라니, 한심하다."

점점 더 심해졌다. 눈물이 멈추지 않았다.

"얘들아, 이제 그만해도 되지 않니?"

다나카였다.

"어라? 하나. 이 녀석 편을 드는 거야?"

"그런 건 아니지만. 본인이 아니라고 하니까."

"나, 정말, 로, 안, 봤어."

훌쩍이며 간신히 목소리를 짜냈다.

"그 말을 어떻게 믿어?"

"그래. 이렇게 얌전한 애가 알고 보니 위험한 경우 흔하잖아?"

"함부로 반 친구를 의심하는 건 좋지 않아. 어차피 옷도 다들 갈아입었을 때고."

"그래도."

다른 여자애들은 여전히 불만이 가득해 보였다.

"그리고 증거도 없잖아. 안 했다고 증명하는 것은 몹시 어렵거든. 이런 걸 두고 악마의 증명이라고 해."

"어, 그게 뭐야? 악마의 증명? 무서운 거야?"

"아, 그건 아니야."

여자애들의 흥미가 그쪽으로 쏠렸다.

"그러니까 예를 들어 '북쪽 마을에 뱀이 있다'라는 말을 증명하려면."

다나카가 말을 이었다. 여자애들은 열심히 귀를 기울였다. 그러는 사이에 옷을 다 갈아입은 남자애들이 돌아왔고 담임인 기도 선생님도 교실로 들어왔다.

"자, 여러분. 자리에 앉아요. 종례를 시작하겠습니다!"

살았다.

"다, 다나카. 저기, 저, 고, 고마워."

자리에 앉으며 말했다. 9월에 자리를 바꿔서 다나카는 내 옆자리다.

"에이, 아니야. 그런데 미카미 너도 조심하는 게 좋아. 우리 엄마가 수박 밭에서 신발 끈을 고쳐 묶지 말고, 오얏나무 아래에서 갓끈을 고쳐 매지 말라는 소리를 자주 했어."

"무슨 뜻인데?"

"의심을 살 만한 행동을 하지 말라는 거."

다나카는 아는 게 참 많다. 책을 많이 읽어서 학원에 다니는 나보다 성적이 더 좋다. 피아노도 배우지 않았는데, 유치원 때부터 피아노 교실에 다닌 나보다 훨씬 잘 친다. 나보다 키도 크고 달리기도 빠르다. 오늘도 다나카가 없었다면 어떻게 됐을까.

그러나 이 사건은 쉽게 끝나지 않았다. 여자애들 사이에서 나는 '에로 변태'로 낙인 찍혀 이후로 '에로신'(이름이 신야니까 거기서 신만 떼서)이라고 불리게 되었다.

게다가 5학년 때, 마찬가지로 수영 수업 이후에 여자 탈의실에서 가와사키 미나의 팬티가 사라져서 다른 반까지 휘말려 약간 소동이 벌어졌다가 결국 발견하지 못하고 그대로 미궁에 빠진 사건(그때 기도 선생님이 대벌레 같은 외모로 팬티, 팬티라고 하도 연발해서 특정 여자애들한테 더욱 미움을 사기도 했다)이 있었는데, 나도 모르는 사이에 내가 그 범인이 되어 있었다.

그 건에 관해서는, 아니, 훔쳐보기 사건도 포함해서 나는 절대적으로 무죄다. 천지신명에게 맹세해도 좋다. 완전히 누명이다. 목청 높여 주장하고 싶은데 어설프게 그런 짓을 했다가는 또 여자애들이 한통속이 되어서 더욱 기세등등하게 나를 공격할 것이다. 분하지만 얌전히 이 상황을 견뎌내는 수밖에 없다. 그러나 6학년 9월에 이런 낙인이 찍히다니 괴롭다. 앞으로 반년이나 에로신이라고 불리며 살아야 한다니. 내 얘기가 옆 반 여자애들에게도 퍼졌는지, 멀리서 나를 바라보는 모두의 표정이 완전히 변태를 보는 눈빛이었다.

우리 반의 거의 모든 여자애가 나를 '에로신'이라고 불렀으나 다나카만큼은 여전히 '미카미'라고 불렀다.

"하나, 에로신 옆자리라니 불쌍하다."

다른 여자들이 그렇게 말해도 다나카는 하하하 웃을 뿐이었다.

어느 날, 학교에 다녀왔더니 아빠가 드물게도 그 시간에 집에 와서 엄마와 대화를 나누고 있었다.

"3번가의 빌딩, 야마구치 건설에 부탁했는데 역시 그랬군."

"응, 그렇다고 하네. 여자가 그런 일을 하는 건 드물어서 얼굴을 봤는데 어디서 본 기억이 있지 뭐야. 현장 책임자한테 물었더니 역시 내 생각이 맞았어."

"다나카였지? 신야랑 같은 반의."

"맞아. 모녀 가정이라고 들었는데 그런 일을 하는 줄은 몰랐어."

"흠, 뭐 문제가 될 건 없겠지. 아이들끼리 동급생일 뿐이고 일은 일이니까."

"그렇지?"

다나카? 모녀 가정? 같은 반? 아, 다나카, 다나카 하나미 말인가?

아무래도 다나카의 어머니가 우리 아빠 회사와 관련해서 일을 하는 것 같았다.

조금 두근거렸다. 잠깐 들러볼까?

공사 현장에는 접근하지 말라는 주의를 들었지만 지금 빌딩을 건축하는 현장이 마침 학원 가는 길목에 있어서 슬쩍 엿보러 가기로 했다.

아빠는 부동산 관리 회사를 운영한다. 땅 주인이었던 할아버지에게 땅을 물려받아 그 자리에 임대 빌딩과 아파트를 세워 임대했다.

그날은 학교에 가는 토요일이어서 집에 돌아와 일찍 점심을 먹고 평소보다 좀 이른 시각에 집을 나섰다. 지금 가면 딱 점심시간일 것이다. 밥집이나 라면 가게에 가서 점심을 먹는 인부도 있지만 지저분한 옷을 신경 쓰는지 편의점 도시락을 사 오거나 집에서 도시락을 싸 오는 사람도 많다.

가봤더니 역시 현장에서 조금 떨어진 곳에서 도시락을 먹는 사람들이 있었다. 그리고 거기에서 좀 더 떨어진 곳에 여자가 한 명 있었다. 땅바닥에 책상다리를 하고 앉았다. 나는 여자가 이런 흙바닥에 털썩 주저앉아 있는 것은 처음 봤다. 저런 것을 폭탄 도시락이라고 하나? 아주 커다란 도시락을 먹고 있었다. 말 그대로 걸신들렸다는 표현이 어울릴 정도로, 알루미늄 도시락을 끌어안고 쌀밥을 허겁지겁 밀어 넣고 있었다. 으르르르 하는 소리가 들릴 것처럼 맹렬하게 먹어 치웠다. 그런데 정말 맛있어 보였다. 단순한 쌀밥이 이렇게 맛있어 보이는 것은 처음이었다.

다나카의 엄마는 말랐고 까맣게 탔다. 다나카와는 그다지 닮지 않았다.

내 시선을 느꼈는지 다나카의 엄마가 고개를 들었다. 볼주머니에 먹이를 잔뜩 저장한 다람쥐처럼 부푼 뺨으로 호쾌하게 씹으면서 눈이 부신 표정으로 이쪽을 바라보았다.

"저, 저기, 저는 기타마치 초등학교 6학년이고 미카미 신야라고 합니다. 다나카, 다나카 하나미랑 같은 반이에요."

가까이 다가가서 말을 걸었다.

"아아."

다나카의 엄마는 빨간 물통의 물을 꿀꺽꿀꺽 마셨다. 물통 바닥에 '하나미'라고 굵은 매직으로 적혀 있었다. 다나카의 엄마는 물을 다 마시고 물었다.

"하나랑 같은 반이니?"

"네. 9월부터 옆자리예요. 다나카가 얘기 안 했나요?"

"응. 아무것도. 전혀."

조금 실망했다. 그래도 다나카다웠다.

"어디 가니?"

내가 등에 멘 가방을 보았나 보다.

"아, 학원이요."

"오, 대단하다. 커다란 가방을 메고 있어서 지금부터 등산이라도 하러 가나 했어."

순간 정말 등산이라면 좋겠다고 생각했다.

"안에 교과서랑 문제집이 잔뜩 들었어요. 그리고 저녁 도시락도."

"도시락까지 싸서 학원에 가니?"

"네. 집에 오면 열 시가 다 되니까."

"히익, 박사님이라도 되려고 그래?"

캬핫핫, 울림 좋은 목소리로 웃는다.

"그럼 저는 학원에 갈게요."

자리를 뜨려는데 다나카의 엄마가

"아, 앞으로도 하나미랑 사이좋게 지내렴."

하고 이를 드러내고 웃으며 말했다.

"아, 네. 네, 물론이죠."

저절로 몸에 힘이 들어갔다.

학원 수업이 시작된 후에도 평소 이상으로 넋이 나갔다.

사이좋게 지내렴. 사이좋게 지내렴.

다나카의 엄마는 분명 이렇게 말했다. 이런 걸 뭐라고 하더라? 보증? 아니지, 공인? 에이, 이러면 꼭 그, 사귀는 사이 같잖아.

"미카미. 지금 설명 이해했니?"

"아, 네."

갑자기 이름이 불려 놀랐다. 무슨 설명이더라? 하지만 괜찮다. 선생님은 더 물어보지 않았다.

내가 다니는 학원은 성적순으로 반이 나뉘는데, 내가 있는 반은 최하위 반이다. 우리가 뒤에서는 '고객'이라고 불리는 것도 안다. 학원에서 하라는 대로 온갖 강의를 잔뜩 신청하고 그저 소화하느라 허덕일 뿐이다. 학원 쪽에서는 우리에게 기대고 뭐고 하지 않는다. 유명한 학교에 합격시켜 진학 실적을 올려 내년에 학생을 모집할 흡인력이 될 학생은 절대 아니다. 스텝 업이니 실력 강화니 역전 가능 따위의 문구를 늘어놓고 한 과목이라도 많이 듣게 해 수업료를 착취하려는 것만이 목적일 뿐.

이런 취급을 받으면서까지 왜 학원에 가는가 하면, 부모가 '자식을 학원에 보내고 있어. 그러니까 괜찮아'라는 안도감을 얻기 위해서다. 고작 그것을 위해 비싼 수업료를 낸다. 우리는 그냥 앉아 있을 뿐이다. 아까부터 사고가 정지했다. 수업이 시작하면 '오늘이야말로 꼭 열심히 해야지' 하고 선생님의 말에 귀를 기울이지만 그것도 고작 몇 분, 곧 머리에 하나도 들어오지 않는다. 선생님이 하는 소리를 이해하지 못한다. 머리가 따라가지 못한다. 선생님의 말이 내 위를 그냥 흘러 지나간다. 이렇게 되면 그냥 끝이다. 아예 뇌가 모든 걸 차단해버린다. 마치 머리에 점토가 꽉꽉 들어찬 것처럼. 게다가 딴생각만 떠오른다. 선생님이 무슨 소리를 해도 머릿속에서는 '가네코가의 간장 라면, 없어서 못 먹죠!' 같은 광고 노래가 반복된다. 아마도 뇌가 파업하는 것이겠지. 옆에서 보기에는 그냥 넋을 놓은 것으로 보이리라. 머리가 포화 상태다. 그런 수준인 아이들을 모아놓은 반이다. 입시 공부를 전혀 이해하지 못하고 흥미도 없다. 그런 수업을 몇 시간이나 듣는 것은 몹시 고통스럽다. 그냥 앉아 있을 뿐이지만 정말 괴롭다. 고행이라고 느껴질 정도로.

하지만 이젠 내려올 수 없다. 어느새 나는 도중에 하차하지 못하는 중학교 입시라는 열차에 타고 말았다. 사립 중학교 입시를 치르고 싶다는 생각은 한 적도 없는데 우리 집에서는 이것이 당연한 일이다.

내게는 중학교 2학년인 누나와 고등학교 1학년인 형이 있다. 누나는 초등학교부터 사립 여자대학 부속 학교에 다니는 중이고 아마 그대로 대학에 진학할 것이다. 형도 대학까지 연결되는 사립 초등학교에 갔는데, 중학교는 입시를 거쳐 최고 명문이라고 불리는 문턱 높은 남자중학교에 입학했다. 다니던 초등학교도 충분히 명문이었는데 더 높은 곳으로 올라갔다. 게다가 필사적으로 공부해서 이룬 것도 아니고 여유롭게, 마치 당연하다는 듯이 붙어버렸다. 즉, 둘 다 아주 우수하다.

사실 나도 형이 다니던 초등학교의 입시를 치렀는데 불합격이었다. 시험에 대비해 유아 교실에도 다녔고 형제가 다니면 형제 전형이라고 해서 다른 아이들보다 비교적 유리한 조건인데도 나는 떨어졌다.

시험 종목인 네발 걷기도 잘했고 설명도 열심히 들었다. 면접에서 질문에 열심히 대답했는데도 안 됐다.

엄마는 "형이 다니는데 설마 불합격이라니. 신, 대체 무슨 짓을 한 거니? 어지간하면 떨어뜨릴 리가 없는데? 아아, 믿을 수 없어. 왜지? 어째서?"하고 반복해서 다그쳤지만 나도 모른다. 열심히 했다고 생각한다. 그러나 다른 사람이 보기에는 못했을 수도 있겠지.

엄마는 나아가 "설마 내 자식이 공립학교에 다니게 될 줄은 몰랐어"라며 한탄했다. 어떻게 해서든 중학교 입시에서 반전을 꾀해야만 한다고 강요했다. 그러지 못하면 용서하지 않겠다는 말까지 덧붙였다.

용서하지 않겠다니, 뭐를?

어쨌든 나는 중학교 입시를 치러야만 한다. 좋든 싫든. 이것만큼은 변하지 않는 사실이다. 모의고사를 볼 때마다 나오는 절망적인 등급 때문에 엄마한테 계속 실망만 안기지만 나는 입시를 치를 수밖에 없다.

이렇게 기대감에 부풀어 월요일에 등교한 적이 있을까? 다나카는 나보다 조금 늦게 교실에 들어왔다.

"아, 안녕. 다나카."

내가 먼저 인사한 것은 처음이었다. 다나카의 엄마가 해준 말이 내 등을 밀어준 덕분이다.

"안녕."

다나카가 대답해주었다. 또 그 말이 떠올랐다.

하나미랑 사이좋게 지내렴.

네, 알겠습니다.

"어, 저기. 나 토요일에 너희 엄마랑 만났어."

"아, 그래?"

다나카의 엄마는 나랑 만났다는 얘기를 하지 않았나 보다. 뭐, 괜찮아.

"응. 3번가 건설 현장에서. 마침 점심시간이어서 도시락을 드시더라. 아주 커다란 도시락을 우물우물, 엄청난 기세로 개처럼 드셨어."

"어, 개?"

다나카가 얼굴을 붉히며 눈썹을 찌푸렸다.

헉, 아, 어쩌지. 나, 실수한 거야?

"뭐야? 너무하잖아. 하나의 엄마를 개라고 했어?"

미즈타니 마리에가 귀 밝게 알아들었다.

"어? 뭐야, 뭔데?"

구리야마 미키도 다가왔다.

"아, 아니야. 우, 우리 할머니 집에서 개를 키우는데, 고로라고 시바견이야. 아주 똑똑하고 귀엽고, 밥을 먹을 때도 아

주 열심히 기뻐하면서 먹거든. 그 모습이 진짜 귀여워서 나
정말 좋아하는데, 그래서, 그….”

정말이다. 절대 나쁜 의미로 한 말이 아니다. 하나의 엄마
가 내가 정말 좋아하는 고로처럼 맛있게 밥을 먹었으니까 나
도 모르게.

미즈타니는 내가 하는 말이 아예 들리지 않나 보다.

“저번에 하나가 널 도와줬는데. 이런 걸 두고 은혜를 원수
로 갚는다고 하는 거야.”

미즈타니와 구리야마는 나와 같은 학원에 다닌다. 둘 다
사립 여자중학교를 노리는 중급반이다. 특히 미즈타니는 말
발이 좋아서 입으로는 이길 수 없다.

“얘들아, 들어봐. 에로신이 하나 엄마를 개라고 불렀어.”

미즈타니가 교실 중앙에 모여서 수다를 떠는 여자 그룹에
말을 걸었다.

“어? 무슨 소리야?”

여자애들이 하나둘 모여들었다. 다나카는 가만히 고개를
숙이고 있었다.

“에로신이 말이야, 하나 엄마를 개라고 부르며 비웃었어.”

“헉, 너무해. 에로신, 변태인 데다가 은혜도 모르다니, 최
악이다.”

"다른 사람의 가족을 욕하다니 그게 얼마나 속상한지 생각해본 적 없지?"

비난의 시선이 모였다. 그중에는

"너 그거 병이야, 에로신. 그딴 소리를 지껄이기 전에 미나의 팬티나 돌려줘."

라고 말하는 사람까지 있었다.

아니야, 아니야, 아니야, 나는 반복할 뿐이었다. 데자뷔다. 왜 이렇게 된 거지?

"좋은 아침입니다. 여러분, 자리에 앉으세요."

담임인 기도 선생님이 교실에 돌아와서 살았다(아아, 이것도 데자뷔네). 조금만 더 있었다가는 나는 또 울어버렸을지도 모른다.

그날은 무서워서 다나카 쪽을 보지 못했다. 다나카도 나를 외면하는 것 같았다. 기척으로 대충 짐작이 갔다. 안 보려고 했지만 내 의식은 다나카의 움직임에 집중되었다.

나는 다나카를 화나게 했다. 아니, 슬프게 해버렸다.

오늘 아침에 등교하면서 느낀 기분과는 하늘과 땅 차이였다. 설마 이렇게 될 줄이야. 사이가 좋아지기는커녕 완전히 미움을 받았다. 어쩌지.

방과 후, 그 기분을 그대로 질질 끌며 학원에 갔으나 당연히 아무것도 머리에 입력되지 않았다. 하긴, 맨날 이랬지만.

내일 다나카에게 사과해야지. 그래야 한다.

나는 필기하는 척하면서 '내일 다나카에게 사과할 것'이라고 수업 내내 수없이 반복해서 썼다.

다음 날, 학교에 가자 이번에도 다나카는 나보다 조금 늦게 교실에 들어왔다.

"저, 저, 저기, 다나카. 어제는 미안했어. 심한 소리를 해서 정말 미안해."

눈을 똑바로 보고 말할 수 있었다.

"아, 괜찮아. 그런 거 뭐, 됐어."

당황스럽게도 다나카는 아무렇지 않게 대답했다.

"그래도 나, 개라고 해서 너를 상처 줬고."

"아니야. 솔직히 말해서 나도 그렇게 생각한 적이 있어. 우리 엄마지만 개 같다고. 뭐만 먹었다 하면 마치 꼬리를 치며 정신없이 먹이를 먹는 개처럼 맛있다고 허겁지겁 먹으니까. 그래서 내가 혼자 속으로 생각하던 걸 네가 꿰뚫어 본 것 같아서 놀랐고 또 부끄러웠어."

"그랬구나."

"너야말로 여자애들이 자꾸만 공격해서 곤란했지? 미나의 팬티 얘기까지 또 들먹이면서."

"아아, 그건 아니야. 아니, 그것도 아니라는 얘기야. 어쨌든 가와사키 일은 정말로 내가 한 짓이 아니야."

"알고 있어."

다나카가 웃었다. 가슴을 꽉 막고 있던 중압감이 사라져 마치 화창한 날씨처럼 기분이 가벼워졌다.

역시 다나카는 다나카다. 화해해서 다행이다. 화해? 아니지, 화해할 정도로 친하지는 않았다, 지금까지는. 그래, 사이가 좋아지는 것은 지금부터다.

아아, 이제 학원만 없으면 최고일 텐데. 9월부터는 평일에는 매일 아홉 시가 넘어서까지 학원에 붙어 있고 주말에는 모의고사나 주말 특훈이 있다. 입시를 앞두고 내가 있는 최하위 반까지 포함해서 학원 전체에 긴장감이 감돌았다. 선생님도 학생들도 마치 이 세상에 중학교 입시만 있는 것처럼 군다.

얼마 전에 학원 휴게실에서 미즈타니와 구리야마가 하던 얘기가 떠올랐다.

"벌써 이렇게 긴장하면 몸이 견디지 못할 것 같아."

"맞아. 가끔은 숨 좀 돌리고 싶어."

"그러니까. 하루쯤은 쉬게 해주지. 가끔 그런 날이 있어야 열심히 할 수 있는데. 아, 이번 연휴에 특별 강좌 있잖아, 그거 다른 날로 바꿀 수 있다던데. 바꾸고 어디 안 갈래? 드리밍랜드나!"

"아, 괜찮다, 그거. 오늘 엄마한테 당장 부탁해볼게."

미즈타니와 구리야마는 다나카와 사이가 좋다. 다나카는 입시를 치르지 않지만 어쩌면 다나카도 갈지도 모른다. 좋겠다, 나도 숨을 좀 돌리고 싶은데. 숨을 돌려야 할 만큼 공부를 하진 않지만. 아니, 그 이전에 '에로신'인 나에게는 무슨 일이 있어도 가자는 소리를 안 하겠지. 좋겠다, 드리밍랜드. 다나카도 가려나?

하반기에는 음악 발표회, 공작 작품전 같은 굵직한 학교 행사가 있지만 우리 수험생 그룹은 아침 연습이나 방과 후 준비 작업에서 제외되었다. 몇 년 전에 수험생 그룹의 보호자들이 학교에 항의를 했다고 한다. 이후로 암묵적인 이해가 이루어졌다.

그러지 않았다면 얼마나 좋았을까. 지금은 학교에 있는 시간만이 유일하게 평온한 시간이었다. 집에 돌아가면 내쫓기듯이 학원에 가고, 도시락으로 저녁을 먹고 집에 돌아오면 열시가 넘는다. 목욕을 하고 학원 숙제를 하고 내일 학교 갈 준비까지 마치면 열두 시가 넘는다. 새벽 두 시까지 공부하는 학생도 있다는데 나는 도저히 그렇게까지는 못 하겠다.

입시를 치르지 않는 그룹은 방과 후에 남아 악기를 연습하고 작품전 간판을 만들었다. 다들 즐거워 보였다. 얼굴에 활기가 넘쳤다. 다나카는 매일 그 무리에 있었다.

나도 입시를 안 치르면 저기 있었을 텐데. 다나카와 함께 웃었을 텐데.

생각해도 소용없는 일이지만. 다나카의 즐거운 웃음소리를 들으며 나는 후다닥 교실을 빠져나왔다.

교문으로 걸어가는데 위에서 "미카미!" 하고 부르는 목소리가 들렸다. 올려다보니 다나카가 3층 교실 창가에서 손을 흔들고 있었다.

"잘 가. 공부 열심히 해."

나는 기뻐서 "응, 안녕" 하고 손을 흔들었다.

그날은 드물게도 학원에서 선생님에게 질문도 하고 연습 문제도 적극적으로 풀었다.

선생님은 "오, 드디어 너도 엉덩이에 불이 붙었구나?" 같은 소리를 했는데, 불이 붙은 것은 엉덩이가 아니다. 다나카를 떠올리면 마음이 후끈후끈 따뜻해졌다.

그로부터 얼마 후, 나는 평소처럼 서둘러 학원에 가다가 다나카를 보았다. 빌딩 주차장, 자판기가 있는 곳이었다. 다나카가 자판기를 쳐다보고 있었다.

주스를 사려나?

그런데 다나카는 거스름돈 나오는 곳에 손을 넣더니 이어서 콘크리트 바닥에 배를 깔고 자판기 아래를 들여다보며 손을 뻗었다.

뭐 하는 거지? 아, 돈을 떨어뜨렸나? 도와줘야겠다.

곁으로 가려는데 남자애 둘이 접근했다.

옆 반의 사와이와 네모토였다. 불량하다고 유명한 둘이다. 체구도 크고 힘도 세다. 툭하면 소란을 피우고 장난을 치고, 수업도 방해해서 선생님들을 귀찮게 한다. 나도 이유도 없이 떠밀린 적이 두세 번 있다.

어쩌지. 앞으로 내민 발을 멈칫했다. 사와이와 네모토는 다나카에게 다가가 내려다보았다.

"꼴불견이다. 거스름돈을 훔치다니, 간도 커. 바보가."

사와이가 말했다. 심장이 쿵쿵 크게 울렸다. 다나카는 엎드린 채로 고개를 들어 사와이와 네모토를 올려다보았다.

"얘, 전에 다른 자판기에서도 똑같은 짓을 하더라. 내가 봤어."

"히익, 쪽팔려라. 기타마치 초등학교의 수치야."

"얘네 집, 모녀 가정이라 가난하니까 어쩔 수 없지."

둘이 어깨를 떨며 웃었다. 다나카는 엎드린 채 그들을 보며 아무 말도 하지 않았다. 어쩌지, 어쩌지. 도와줘야 하는데. 마음만 앞서지 몸이 움직이지 않았다. 귀 뒤쪽으로 피가 꿀렁꿀렁 흘러가는 소리가 들렸다.

"뭐야, 불만이라도 있어?"

사와이가 걷어차려는 자세를 취했다.

안 돼! 그만해, 신이시여!

기도하듯이 모은 손에 힘이 들어갔다.

"그만해. 그건 위험해. 선생님한테 이르면 큰일이라고."

네모토가 말려서 사와이는 발을 거뒀다.

"흥, 거지 같은 게. 꼴불견이야, 머저리."

그 말을 남기고 둘은 떠났다. 내 심장은 여전히 쿵쿵 뛰었다. 다나카는 천천히 일어났다. 얼굴도 손도 다 더러워졌다. 다나카는 옷에 묻은 먼지를 털고 고개를 살짝 숙였다.

우나 싶었는데, 다나카는 꼭 쥐고 있던 손을 펴고 생긋 웃었다.

아, 돈. 돈을 주웠구나.

다나카는 그대로 총총 걸어갔다. 나는 그 뒷모습을 가만히 지켜보았다.

학원에 가서도, 집에 돌아와서도 계속 생각했다. 나는 아까 왜 다나카를 도와주지 못했을까. 심한 말을 퍼부은 사와이와 네모토를 왜 막지 못했을까. 다나카를 깔아뭉갠 그놈들을 왜 해치우지 못했을까.

내가 약하기 때문이다. 약하고 치사하고 구제 불능인 놈이기 때문이다. 용기가 없는 쓰레기이기 때문이다. 나는 그저 그늘에 숨어 보고만 있었다.

다나카는 그때 나를 구해줬는데. 다나카만이 내 편을 들어줬는데.

그런데 나는 아무것도 하지 않았다. 할 수 없었다. 한심해, 한심해, 한심해.

욕조에 몸을 담갔는데 눈물이 솟구쳤다. 작게 소리 내어 울었다.

미안해, 다나카. 미안해.

아무리 울어도 욕실이니까 금방 얼굴을 씻을 수 있어서 좋다는 것을 처음 알았다.

다음 날 학교에 갔는데, 다나카는 평소와 똑같았고 나와도 아무렇지 않게 잡담을 나눴다. 그래서 나는 오히려 마음이 불편했다. 게다가 "어? 왜 그래? 기운이 없어 보인다. 공부하느라 지쳤어?"라고 반대로 걱정이나 끼치는 처지가 되었다.

수업 중에 문득 다나카를 봤는데 작고 동그래진 지우개를 쓰고 있었다. 아주 새까맸다. 어제 바닥에 엎드려 돈을 줍는 모습이 떠올라 마음이 흔들렸다.

그날, 나는 학원에 다녀오면서 편의점에 들러 지우개를 샀다. 알록달록 귀여운 딸기 일러스트 케이스에 담긴 분홍색 지우개였는데 이런 걸 사본 적이 없어서 살 때 조금 부끄러웠다. 젊은 여자가 계산을 해줬는데 왠지 나를 보고 웃는 것 같았다.

가방에 지우개를 넣었더니 조금은 발걸음이 가벼워졌다. 그러나 금방 걱정이 생겼다. 뭐라고 말하면서 주지? 생일도 크리스마스도 아닌데 갑자기 이런 걸 받으면 다나카도 곤란할 것이다. 무엇보다 생일이나 크리스마스더라도 우리는 선물을 주고받을 정도로 가까운 사이가 아니다.

어쩌지, 뭐라고 말하면서 주지?

어떻게 말하느냐에 따라 다나카에게 상처를 주거나 부끄럽게 만들지도 모른다.

그래, 일부러 사 왔다고 하면 부담스러울지 모르니까 누나한테 받았는데 나는 이미 쓰는 게 있으니까 써달라고 말하면 어떨까. 내가 생각해도 좋은 아이디어였다. 나답지 않게 머리를 좀 굴렸다.

하지만 곧, 그때 다나카를 구하지 못해서 떳떳하지 못한 마음 때문에 이걸 주려는 것은 아닐지 생각했다. 죄를 갚으려고? 아니, 내가 한 짓은, 정확히는 하지 않은 짓은 고작 이런 것으로 묻을 수 없다. 어쨌든 지금 내가 할 일은 다나카에게 지우개를 아무렇지 않게 주는 것뿐이다.

다음 날 수업이 시작하기 전에 갑자기 생각났다는 시늉을 하며 지우개를 꺼냈다. 일부러 봉지에 넣거나 포장도 하지 않고 알몸인 지우개를 다나카의 책상에 얼른 놓았다.

"응? 뭐야?"

다나카가 물었다. 나는 준비한 대사(여러 번 연습했다)를 말했다.

"아, 그래? 내가 받아도 정말 괜찮아?"

"응."

고개를 끄덕이자,

"잘됐다. 지금 쓰는 거 작아져서 쓰기 힘들었거든."

다나카가 말했다. 응, 알고 있어, 속으로만 대답했다.

"역시 새 지우개가 좋다. 잘 지워져."

곧바로 써보더니 기뻐했다. 주길 잘했다.

다음 날 역시 수업이 시작하기 전에,

"아아, 이거."

다나카가 심홍색 연필을 내밀었다.

"어제 지우개 줬으니까 답례."

"어, 아니, 괜찮은데. 나는."

예상하지 못한 일이어서 당황했다. 유명한 문구 브랜드의 연필이었다. 이런 답례를 받으면 의미가 없다.

"좀 미안한데, 이런 건."

"괜찮아. 이걸로 열심히 공부해."

다나카가 생긋 웃었다.

"으, 응. 고마워."

들뜬 마음으로 연필을 필통에 넣었다. 그날은 필통을 열 때마다 다나카가 준 연필이 보여서 심장이 두근거렸다.

소중히 여겨야지. 아니지, 그렇다고 안 쓰면 또 안 된다. 공부할 때 써야 한다. 그래, 중요한 시험을 볼 때 이걸 꼭 가지고 가자.

그로부터 며칠 후, 연휴가 끝난 월요일이었다.

"하나, 이거. 드리밍랜드 선물. 둘이 같이 골랐어."

미즈타니와 구리야마가 다나카에게 종이봉투를 건넸다. 익숙한 드리밍랜드 캐릭터가 큼지막하게 그려졌다.

"와. 고마워. 어땠어? 드리밍랜드 재밌었어?"

"응. 최고였어. 다음에 하나도 같이 가자."

"응."

아, 다나카는 안 갔구나. 드리밍랜드.

그때 감이 탁 왔다. 혹시, 아니, 설마, 하지만.

혹시 다나카는 그때 드리밍랜드에 갈 돈을 모으고 있었을까?

하지만 아무리 자판기 거스름돈을 모으더라도 드리밍랜드에 갈 돈을 모으려면 시간이 오래 걸리지 않을까? 게다가 그런 짓은 역시 하면 안 되는 것 같은데. 범죄라는 뒤숭숭한 말을 쓰기는 싫었다.

나도 드리밍랜드에는 가족과 함께 몇 번 가봤다. 형의 합격 축하나 누나의 입학 축하로. 나는 놀이기구를 타면 금방 멀미를 해서 탈 수 있는 것이 한정적이지만 그래도 즐거웠다. 다나카도 가면 분명 즐겁게 놀 텐데. 혹시 다나카랑 같이 간다면. 내 대담한 발상에 얼른 고개를 저었다.

누나가 작년 봄방학에 친구끼리 가고 싶다고 엄마한테 조르던 일이 떠올랐다. 봄방학 특별 기획으로 학생이라면 할인해서 티켓을 살 수 있다고 했다. 봄에는 졸업과 진급 축하를 하러 친구끼리 드리밍랜드에 가는 사람이 많은 듯했다.

할인하면 두 명분 티켓이 얼마나 할까? 세뱃돈을 계속 모아뒀는데. 하지만 겨우 지우개에도 답례를 꼭 하는 다나카다.

티켓을 주면 또 그만큼의 답례를 하겠지. 그러면 역시 의미가 없다. 아, 그래. 현상 공모 같은 걸 했다가 티켓에 당첨되었다고 하자. 그러면 다나카도 부담스럽지 않겠지. 그래, 그렇게 하자. 다나카와 관련된 일이면 내 머리는 회전이 빨라진다.

하지만 둘이서 가는 것은 역시 좀 그렇다. 엄마가 허락할리가 없다. 그래, 미즈타니와 구리야마에게도 가자고 하자. 둘은 같은 학원에 다니고 부모님끼리도 아는 사이다. 다 같이합격 축하를 하러 간다고 하면 허락해주시겠지. 중학교는 따로따로 흩어지니까 마지막 기념이라고 둘러대는 거야.

그러려면 먼저 합격해야 한다. 처음으로 중학교 입시에 희망이 보이는 기분이었다. 늦긴 했지만 의욕이 샘솟는 것을 느꼈다.

좋아, 붙어서 다나카와 드리밍랜드에 가야지.

하반기의 중요한 학교 행사도 전부 끝나고 겨울방학이 시작되자, 시험도 이제 코앞까지 다가와 연말연시 관계없이 동계 강좌로 계획이 꽉 찼다. 크리스마스나 정월도 남의 일이다. 특히 정월에는 1일부터 학문의 신을 모신다고 유명한 신사에 선생님과 수험생들이 다 같이 가서 참배하고 그대로 정월 집중 훈련을 받을 예정이다. 우리 최하위반 얼간이들(라고 학원 선생님이 말했다)도 얼간이 나름대로 특훈이 있다.

공부할 때는 다나카에게 받은 연필을 썼다. 그러나 많이 써서 진짜 시험 때 못 쓰면 안 되니까 따져가면서 썼다. 이 연필이 분명 내게 힘을 주는 것 같았다.

해가 바뀌고 겨울방학이 끝나자, 1월에 입시를 치르는 학교도 있어서 수험생 그룹의 결석이 눈에 띄었다. 그중에는 독감이나 감기에 걸릴지도 모르니까 예방하려고, 혹은 막바지 공부를 위해 한 달 내내 쉬는 수험생도 있는데, 학원에서도 그건 추천하지 않는다고 했다. 학교에 가서 기분 전환하는 것도 중요하다나. 나도 얼마 남지 않은 초등학교 생활을, 다나카와 만날 날을 가능하면 줄이고 싶지 않았다. 다나카는 다나카의 엄마가 정월에 떡을 믿을 수 없이 많이 먹었다고 얘기해주었다. 집에서는 입시 얘기만 하고 학원에서는 1월에 입시를 보는 학교의 시험 내용이나 합격 여부 같은 화제만 나오니까 평범한 얘기를 해주는 사람은 다나카와 이 동네 공립 중학교에 진학하는 몇 안 되는 학교 친구뿐이었다.

하지만 이 생활도 곧 끝이다. 한 달만 지나면 전부 끝난다. 앞으로 조금, 정말 조금이다. 방과 후에 공원에서 마음껏 노는 것도, 다나카와 즐겁게 웃는 것도 조금만 있으면 할 수 있다. 그렇게 생각하며 입시 초읽기 단계에 들어간 하루하루를

버텼다.

2월 1일, 도쿄도(都)의 중학교 입시가 일제히 시작되었다. 오전과 오후, 하루에 두 번 시험을 보는 경우도 흔하고 여러 번 시험을 치를 수 있는 학교도 있다. 오전 중에 본 시험 결과를 그날 저녁이면 알 수 있는 곳도 있었다. 나는 엄마에게 반강제로 끌려 다니며 여러 군데 학교의 시험을 치렀다. 숨을 쉴 여유도 없었다. 오늘 어디와 어디의 시험을 쳤고 어디에서 발표를 했는지 나는 하나도 기억하지 못했다. 긴장하고 피곤해서 이미 한계를 넘어섰는데, 그래도 이제 곧 끝난다고 생각하며 극복했다. 엄마와 같이 우왕좌왕하느라 솔직히 뭐가 뭔지 모르겠는 사이에 폭풍과 같은 입시 기간이 끝났다.

설마. 거짓말이지?

나는 단 한 군데에도 붙지 못했다. 완벽하게 전부 떨어졌다. 무슨 질 나쁜 농담인가 싶을 정도로, 내 수험 번호는 어느 합격자 발표 게시판에서도 보이지 않았다. 절대로 붙을 리 없다고 시험 중에 포기한 학교도 있다. 하지만 개중에는 괜찮겠다고 느낀 곳도 있었는데 전부 불합격이었다. 이쯤 되니 나도 역시 기가 죽었다. 내장이 송두리째 뽑혀 나간 것 같은 허무함이 덮쳤다.

희망을 건 마지막 학교의 발표를 인터넷으로 확인한 엄마는 "아아아아악" 하고 머리를 감싸 쥐고 절규했다.

"아, 아아, 악!"

평소 모습에서는 상상할 수도 없는 짐승 같은 비명을 지르며 테이블에 엎질렀다.

"어, 엄마."

손을 뻗어 엄마의 등을 건드렸다.

"입 닥쳐! 건드리지 마."

잔뜩 갈라진 목소리에 움찔해서 손을 뒤로 뺐다.

"너, 대체 뭐야?"

엄마가 천천히 고개를 들었다. 핏발이 선 눈을 치켜뜨고, 입술을 밉살스럽게 일그러뜨렸다. 나는 엄마가 나를 이름이 아니라 '너'라고 부른 것에 당황했다.

"넌 나를 괴롭히려고, 절망하게 하려고 태어난 거니?"

엄마가 내 앞에서 자기를 '엄마'가 아니라 '나'라고 칭한 것도 처음이었다.

"너, 대체 뭐 했어? 이삼 년간. 열심히 했다고 말만 하면서 부모를 쭉 속였던 거야?"

"하지만 나 정말로 열심히…."

"그래서 열심히 한 결과가 이거야? 그렇다면 정말 손쓰지 못할 인간이구나. 이런 걸 뭐라고 하는지 알아? 쓰레기라고 해. 작은 쓰레기는 어른이 돼도 큰 쓰레기가 될 뿐이야."

눈물이 흘렀다.

"너는 열심히 한 적이 없어. 노력을 안 했어. 노력해야 할 때 노력하지 않는 인간은 살아 있을 의미가 없다고!"

엄마의 얼굴이 새빨개져서 그야말로 마귀 같은 형상이었다.

"죄송해요, 죄송해요, 죄송해요…."

나는 눈물을 흘리며 사과하는 수밖에 없었다. 정말로, 진심으로 미안했다. 엄마를 이렇게 슬프게 하고 괴롭게 하다니.

"죄송해요. 고등학교 입시 때 열심히 할게요. 반드시 좋은 학교에 갈 테니까."

"됐어. 이제 지긋지긋해. 너는 초등학교 입시에 실패했을 때도 그렇게 말했어. 내가 또 속을 것 같아?"

그렇게 말하면 나는 할 말이 없다. 떨면서 우는 수밖에 없었다.

"그렇게 울 거면서 왜 못 붙었어? 지금 운다고 뭐가 해결될 것 같아?"

"죄송해요, 죄송해요."

무릎을 꿇고 엄마의 다리에 매달렸다.

"만지지 말라고 했지! 기분 나빠!"

무자비한 힘으로 밀쳐졌다. 그리고 엄마는 또 큰 소리로 "아악! 아악, 아악!" 하고 울부짖었다.

그때 누나가 집에 와서 아우성을 치는 엄마를 간신히 달랬다. 형도 집에 와서 둘이 같이 어떻게든 진정시켜 엄마를 눕혔다.

그날부터 엄마는 방에 틀어박혔다.

식사나 기타 집안일은 누나와 근처에 사는 엄마의 언니 미에코 이모가 와서 돌봐주었다. 아빠는 "엄마는 그냥 조금 지치신 거야. 쉬면 괜찮아지실 거란다"라고 했지만, 엄마는 밥도 거의 먹지 않아서 비쩍 말랐고 눈이 푹 파였으며 머리카락까지 푸석푸석해져서는 방 한가운데에 앉아 뭐라고 중얼거리기도 하고, 몇 시간이나 멍한 눈으로 허공을 쳐다보며 넋을 놓고 있기도 했다.

형은 엄마가 우울증에 걸린 것 같다고 했다. 그 지경에 이르게 한 것이 다름 아닌 나라고 생각하니 도망치고 싶어서 견딜 수 없었다. 마음속으로 거듭해서 죄송하다고 사과했다.

이런 집안 사정 때문에 나는 학교도 쉬었는데, 이 시기에는 입시 때문에 결석하는 학생이 많아 조금 빠지더라도 눈에 띄지 않았다. 열흘이 지나서야 학교에 가면서 뭔가 질문을 받으면 어쩌나 싶었는데 물어보는 사람은 하나도 없었다.

나와 같은 학원에 다니고 역시 전부 불합격한 사이토가 결석했는데, 다나카에게 물었더니, "아직 시험을 치르러 다니는 것 같던데? 너는 다 끝났어? 아직 시험이 남았니?" 하고 되물어서 "어, 뭐" 하고 얼버무렸다. 언젠가 알겠지만 지금 죄다 떨어졌다고 말하기는 싫었다. 다나카에게 받은 연필로 시험을 봤는데 떨어졌다고 말하기는 면목이 없었다. 입시를 치르지 않는 애들이 중학교 입시 제도에 대해 잘 몰라서 다행이었다. 아직 시험이 진행 중이라고 생각해서 묻지 않는 것 같았다.

지금도 원서를 받는 사립 중학교도 있지만 그런 곳은 엄마의 마음에 차지 않았다. 아빠와 형이 그런 학교를 권해도 엄마는 "그런 곳에 가서 뭐해? 그런 곳에 가느니 차라리 학교에 안 가는 게 나아. 내 자식이 그 따위 학교의 교복을 입는 걸 보느니 차라리 죽고 말지"라고 대답했다.

그럼 이 동네의 공립 중학교에 갈 수밖에 없는데 엄마는 그것도 절대로 싫다고 거부했다. 어젯밤에 아빠가 "싫다고 해도 그 방법밖에 없잖아. 신야는 거기서 또 노력하면 되니까"라고 어르고 달랬다.

집안 분위기는 최악이었지만 이 동네에 있는 공립 중학교에 가면 다나카와 같은 중학교에 갈 수 있다. 괴로워하는 엄마에게는 미안하지만, 내게는 미래를 비춰주는 빛이었다. 다나카와 같은 중학교. 어쩌면 고등학교도 같은 곳에 갈지도 모른다. 그렇게 생각하니 마음이 되살아나는 기분이었다. 그래, 뭐든 다 나쁜 것만은 아니다. 엄마도 조만간 괜찮아질 것이다. 이번에야말로 엄마가 슬퍼하지 않게 노력해야지. 공립 중학교에서 열심히 공부해야지. 오랜만에 기분이 밝아졌다.

"어떤 상황이라도 빛은 있습니다."

언젠가 기도 선생님이 한 말이 떠올랐다. 독특한 외모와 언행 때문에 거의 모든 여자애들에게 '기분 나쁘다'는 평을 듣고 미움을 사는 선생님이지만 가끔은 괜찮은 말도 한다.

"나는 기도 선생님 좋아하는데. 멋진 선생님 같아."

다나카만이 이렇게 말했다. 다나카는 그런 사람이다. 남의 의견에 휩쓸리지 않는다. 정직하고 바른 눈으로 사람을 본다. 그런 다나카와 또 같은 중학교에 간다. 운명까지 느꼈다. 이런 걸 뭐라고 하더라? 아아, 전화위복이었나? 이것도 기도 선생님이 가르쳐준 말이다. 분명 내 장래에는 밝은 빛이 가득할 것이다.

학교에서 돌아왔는데 엄마가 "어서 오렴" 하고 웃으며 맞아주었다. 옷을 제대로 입고 머리도 예쁘게 정돈했다.

원래대로 돌아온 건가?

머뭇거리는데,

"배고프지? 간식 먹을래? 신야가 좋아하는 슈크림을 사 왔어" 하고 다정하게 말했다.

"으, 응. 먹을래."

슈크림을 먹고 있는데, 엄마가 "여기로 했어"라며 테이블에 팸플릿을 올렸다.

"뭔데?"

학교 입학 안내서 같았다. 파란 하늘과 숲의 녹음을 배경으로 옷깃이 올라온 교복을 입은 남학생 둘이 서서 먼 곳을 가리키고 있었다. 성 프란체스코 학원이라고 했다. 들어본 적 없는 학교였다.

"신야는 이 학교에 갈 거야."

"어?"

놀라서 엄마를 보았는데, 생글생글 웃으며 나를 보고 있었다.

"뭐, 무슨 소리야?"

"아주 좋은 학교야, 여기. 자연에 둘러싸인 곳이어서 모두 생기발랄하게 지낸대. 신야는 곤충을 좋아하잖니? 근처 숲에 진기한 나비가 날아다닌다더라. 그리고 동물도 있대. 다람쥐

나 산토끼."

"어, 뭐, 뭐라고?"

무슨 얘긴지 도통 파악을 못 하겠다. 엄마, 지금 무슨 소리를 하는 거지?

"엄마는 예전부터 생각했어. 신야는 이렇게 자연이 있는 곳에서 느긋하게 지내는 게 좋겠다고."

"잠깐만. 이거 어디 있는 학굔데?"

"야마나시."

"어? 야마나시? 거기 있는 학교에 어떻게 다녀?"

"괜찮아, 기숙사가 있으니까."

"어?"

"거긴 전교생 기숙사제야. 전국에서 친구들이 온단다. 괜찮아, 공동생활이니까 금방 다 친해질 거야. 좋지? 매일 수학여행 같잖니? 신야한테는 이런 학교가 잘 맞을 것 같아."

이젠 말도 나오지 않았다.

"물론 공부도 확실히 봐준대. 미션스쿨이어서 외국인 신부님도 계시고 외국인 영어 교사도 많대. 기숙사에 돌아와서도 자습 시간이 정해져 있고, 전문 선생님이 제대로 공부를 봐준다더라. 따로 입시나 보습 학원에 다니지 않아도 학력을 잘 쌓을 수 있어. 규칙적인 생활을 하니까 학습 습관도 익히고.

남학교인데 선배, 후배에 선생님들, 기숙사에서 돌봐주는 사람까지 모두 한 가족처럼 사이가 좋대."

엄마는 웃으며 말했지만 이게 내게 벌어진 일이라고는 도무지 믿기지 않았다.

"노, 농담으로 하는 소리지?"

"설마. 이런 얘기를 농담으로 할 리가 없잖아."

순간 엄마의 얼굴이 험악해져서 움찔했다. 그러나 금방 웃음을 되찾고,

"엄마는 말이야, 이렇게 생각해. 도쿄에 있는 학교에 다 떨어진 건 신께서 다른 곳으로 가라고 말씀하시는 건 아닐까. 신야한테 잘 맞는 학교가 도쿄가 아닌 다른 곳에 있다고, 신께서 그렇게 가르쳐주신 건 아닐까."

눈도 깜박이지 않고 나를 바라보며 말했다. 하지만 엄마의 눈동자는 나를 보고 있지만 초점이 다른 곳에 있는 것 같았다.

"그래서 필요한 서류를 다 모아서 제출했어. 내일 입시 담당자가 도쿄에 와서 면접을 봐준대."

"어? 그게 다야?"

"그래, 이 학교는 시험 하나로 사람을 판단하지 않아. 학력은 학교에 들어와서 쌓으면 충분하대. 한 명 한 명을 잘 돌봐주는 멋진 학교야. 신야한테 잘 어울릴 거야."

"으, 응."

뭔가 이상하다. 이거, 정말 이상하다.

그러나 또 엄마가 울며불며 나를 '너'라고 부르는 것이 더 싫었다. 무서웠다.

"그럼 내일 면접을 보러 가자."

"응."

이거 현실일까? 나는 어디로 가는 거지? 어떻게 되는 걸까? 거스를 수 없는 거대한 소용돌이에 삼켜진 것 같은 기분이었다.

다음 날, 학교를 쉬고 엄마와 함께 그 성 프란체스코 학원과 연관이 있는 교회로 갔다. 안내된 곳은 교회에 병설된 사무소 같은 곳이었다. 책상이 두 개 있고 양복을 입은 남자가 앉아 있었다. 우리를 보고 일어나,

"안녕하십니까. 저는 성 프란체스코 학원 입시과의 마쓰모토입니다. 잘 부탁드립니다. 자, 그쪽에 앉으세요."

옆에 있는 소파에 앉으라고 권했다. 인사하고 그 자리에 앉자, 마쓰모토 선생님도 맞은편에 앉아 내게 초등학생 시절의 가장 인상적인 추억과 중학생이 되어서 하고 싶은 것 등 두세 가지를 질문했다. 그걸로 끝이었다.

"미카미 신야 군. 4월부터 학교에서 같이 생활하게 되어

기쁩니다."

아무래도 나는 합격인가 보다. 너무 싱거워서 거짓말 같았다.

"고생했어, 신야."

엄마는 웃어 보였으나 축하한다거나 잘됐다는 말은 해주지 않았다. 형 때는 백만 번쯤은 그 소리를 연발했는데. 그래도 엄마가 웃어준다면 괜찮다. 두 번 다시는 '너'라고 불리기 싫다. 무서운 얼굴을 보기 싫다. 내가 조금만 참으면 된다. 별것 아니다.

내가 야마나시의 기숙사제 중학교에 가는 것을 알자 아빠도 형도 누나도 놀라고 당혹스러워했으나, 내가 "기숙사 생활이 재미있을 것 같아"나 "자연 속에 있는 학교에서 공부하는 거 동경했어"나 "지금밖에 할 수 없는 경험이니까"라고 말하자, "그래, 신야가 그렇게 말한다면", "그렇구나, 신야는 응석받이인 면이 있으니까 그런 곳에서 경험을 쌓으면 앞으로 좋을 거야. 남자애니까", "어렸을 때 그런 경험을 하면 반드시 도움이 될 테지"라고, 모두 입을 모아 자기 자신을 설득하듯이 말했다. 나도 내 입으로 말하니까 왠지 정말로 그럴 것 같은 착각이 들었다.

학교 애들한테는 아직 말할 수 없었다. 특히 다나카에게는. 지금까지도 중학교는 따로따로 간다고 생각했다. 그래도 같은 동네에 사니까 길에서 우연히 만날 수 있을 줄 알았다. 그러나 거리가 이렇게 멀어지면 완전히 헤어진다.

그래도 어쩔 수 없었다. 무리해서 여기에 남으려고 하면 우리 집은 또 괴로워진다. 가족에게 폐를 끼친다. 이번에는 이 레일을 타는 수밖에 없다. 내 의지와는 무관한 운명이 진행되지만 어쩔 도리가 없다.

머리와 마음과 몸이 산산조각난 것 같았으나, 시간은 아랑곳없이 흘러갔다. 이제 학원에 가지 않는 나는 방과 후에 공원에서 놀고 게임을 하고 만화를 읽으며 지냈다. 누워서 몇 시간이나 게임을 해도 엄마는 잔소리를 하지 않았다. 그저 그러는 나를 보는 눈빛이 매우 차가웠을 뿐이다. 때때로 한숨을 쉬기도 했다. 나한테 들리지 않는다고 생각하나 본데 내 귀에 똑똑히 들렸다.

그래도 친구들과 놀고 게임을 하고 만화를 읽는 동안에는 싫은 생각을 하지 않아도 된다. 4월부터 시작될 학교생활까지도 전부 생각하지 않아도 된다. 억지로라도 무시하고 싶었다. 그것만이 나를 지키는 유일한 방법 같았다.

어느 날, 학교에 다녀왔는데 미에코 이모가 와 있었다. 인사를 하고 2층 내 방으로 올라가서 한동안 게임을 하다 보니 다른 게임을 하고 싶어졌다. 게임 소프트 케이스가 거실에 있어서 1층으로 가지러 내려갔는데 거실에서 엄마와 이모가 대화하는 소리가 들렸다.

"하아, 나도 좀 더 고민할 것을 그랬어. 요즘 세상에 애는 둘이면 충분한데."

"또 그 소리니?"

"하지만 신야 때문에 고생이란 고생은 다 했는걸. 위에 둘을 키울 때 순조로워서 유난히 그렇게 느끼는 건지도 모르지만. 내가 아무리 치고 두드려도 반응을 해주지 않는 애라서 애간장이 탔어. 내가 아무리 노력해도 겉돌기만 해. 나도 짜증이 나서 지친다니까. 그래도 이제 됐어. 멀리 떨어진 기숙사에 보내면 내 시야에서도 사라지고 남들 눈에도 안 띌 테니까. 저 밑바닥의 최하층 사립 중학교의 교복을 입고 이 근처를 돌아다니는 것보다는 나아."

"정말, 그만 좀 해라. 아무리 그래도 말이 너무 심하잖아."

심장이 부서질 정도로 쿵쿵 뛰고 온몸의 피가 역류했다. 가슴이 조이듯이 아팠다. 이거 내 얘기야? 거짓말, 거짓말이지? 하지만.

떨리는 다리로 내 방으로 돌아와 무릎을 끌어안았다. 또 눈물이 나서 들리지 않도록 소리를 죽여 울었다.

그런 거였구나. 나를 먼 학교에 보내려고 한 이유가. 엄마는 나를 없던 일로 하고 싶은 거다. 엄마에게 나는 곁에 두고 싶지 않은 자식, 필요 없는 자식이다. 너무해. 하지만 엄마가 그렇게 생각할 짓을 내가 저질렀다. 결국 내가 나쁘다. 엄마가 바라는 자식이 되지 못했으니까. 그러니까 이 집에 있을 수 없다. 언젠가 엄마가 했던, 용서하지 않겠다는 의미를 이해했다. 합격하지 않으면 엄마의 자식으로 있는 것을 용서하지 않겠다는 의미였다.

어쩌지? 어쩌면 좋을까?

잘 생각해보면 이 집에는 내가 없는 편이 나았다. 내가 없어야 훨씬 더 멋진 가족을 이룰 것이다. 일을 잘하는 아빠, 다정한 엄마, 천재인 형, 명문 사립학교에 다니는 누나. 어디를 봐도 안정적이다. 내가 없으면. 나만 없으면.

나는 천천히 일어나 들키지 않도록 소리 내지 않고 집을 나왔다. 밖은 벌써 저녁놀이 드리우기 시작했다. 해가 제법 길어졌다. 이제 봄이다.

한참이나 동네를 돌아다녔다. 왠지 거리의 색과 소리도 평소보다 연해진 것 같았다. 서점에 들어가 잡지를 뒤적였지만 내용이 하나도 머리에 들어오지 않았다. 또 어슬렁어슬렁 헤맸다. 길에 다니는 사람들 모두 빠릿빠릿하게 어딘가로 걸어가는 것과 비교하면 내가 유령이 된 기분이었다.

얼마나 걸었을까. 주위가 꽤 어두워졌다. 시계도 뭐도 안 가지고 와서 시간도 모른다.

넓은 강에 걸친 다리로 올라갔다. 다리 중앙까지 가서 강물을 바라보았다. 다리 위는 바람이 쌀쌀했다. 강 수면에 잔물결이 일었고 거리의 빛이 반사되었다. 가만히 강을 내려다보니 강이 살아 있는 것처럼 보였다. 소용돌이치다가 흐려지며 멈추지 않고 흘러간다.

이제 끝내자.

갑자기 그렇게 생각했다. 엄마를 괴롭히는 것도, 내가 괴로운 것도.

죽고 싶은 것은 아니다. 그냥 끝내고 싶었다.

아마 어려운 일은 아닐 것이다. 죽는 게 아니다. 사라지는 것뿐이다.

결과적으로 같더라도, 신기하게도 내 안에서는 이 두 가지가 같은 것으로 연결되지 않았다. 단순히 '죽음'을 외면하려는 것일지도 모른다. 그렇게 생각하지 않으면 실행하지 못할 테니까.

멀리 떨어진 학교 기숙사에 들어가서 '없던 일'이 된다면 지금 사라져도 똑같다. 귀찮게 하지 않는 만큼 이러는 편이 나을지도 모른다.

난간을 붙잡은 손에 꽉 힘이 들어갔다. 어둡고 탁한 강이 나를 부르는 것 같았다.

지금이라면 할 수 있어.

"미카미!"

야무지고 날카로운 목소리가 날아와서 내 몸이 움찔 떨렸다. 나를 '미카미'라고 부르는 여자애는 한 명뿐이다.

뒤를 돌아보니 다나카였다. 역시 다나카였다. 그 옆에는 다나카의 엄마도 있었다.

"무슨 일이야? 이런 곳에서. 뭐 하고 있어?"

내게 달려온다. 다나카의 엄마도 통통 튀듯이 달려왔다.

"아, 그냥, 산책을 조금."

"이렇게 어두운데?"

"으, 응. 너는?"

"쇼핑. 슈퍼에서. 2번가에 있는 게키야스당에 다녀왔어. 거기는 이 시간에 가면 반찬이랑 빵이 전부 반값이거든. 그래서 둘이 같이 장을 봤어."

다나카가 손에 든 봉지를 들었다. 봉지 너머로 반값 스티커가 희미하게 보였다.

"초밥도 전부 반값이었어."

다나카의 엄마도 봉지를 얼굴 높이까지 들고 웃었다.

"너는 저녁 벌써 먹었어?"

"으응, 아니, 아직."

"그럼 우리 집에서 같이 먹자. 잔뜩 샀으니까. 괜찮지, 엄마?"

"물론 괜찮고말고. 반값이라도 맛은 같으니까."

둘은 웃었다.

둘에게 이끌려 다나카의 집으로 갔다. 작은 목조 공동 주택의 1층이었다. 세 평쯤 되는 다다미방에 고타쓰가 있었다.

"전기난로를 켜렴, 하나. 좁으니까 금방 따뜻해질 거야."

마지막 말은 나한테 하는 소리인가 보다. 다나카와 다나카의 엄마는 슈퍼 봉지에서 사 온 것을 꺼내 고타쓰 위에 늘어놓기 시작했다.

"아, 미카미네 집에 연락해야지. 가족이 걱정하면 어떡해."

다나카가 말하자 다나카의 엄마가 "아, 그렇지" 하고 냉장고에 붙인 연락망을 보고 수화기를 들었다.

별로 나를 걱정하지는 않을 거야, 속으로 생각했지만 가만히 있었다.

"네, 네. 장을 보고 오는 길에 우연히 만나서요. 아니에요, 무슨, 폐라니요. 전혀 아니에요. 뭐 대단한 걸 먹는 것도 아닌

걸요. 저희도 늘 둘만 있으니까 오히려 즐거워요. 네, 초등학교 생활도 얼마 안 남았으니까요. 네, 정말 신세를 졌어요."

우리 엄마와 한참 대화하고 다나카의 엄마가 돌아왔다.

"괜찮아. 허락을 받았으니까. 자, 먹자, 먹자. 배고프다."

다나카의 엄마가 미리 만들어뒀을 두부와 시금치 된장국을 가져왔다.

"오오, 초밥, 초밥. 오늘의 메인이야. 가운데에 두자. 그리고 닭튀김이랑 그라탱이랑 만두랑 탕수육도 있어."

"일식, 양식, 중식이 다 있어. 진짜 호화롭지. 오늘따라 신기하게 다 남아 있더라. 하나도 없을 때도 있는데."

"아아, 오늘은 운이 좋았어. 럭키 데이야."

"케이크도 있어. 케이크가 반값인 날은 잘 없는데. 그치?"

"그렇지. 마치 축하 파티 메뉴 같아."

"아, 그렇지. 미카미, 중학교는 정해졌어?"

움찔했다. 가장 말하기 싫은 주제였다. 그러나 숨길 수 없다.

"으, 응."

"어, 어디?"

"남학교, 사립."

"대단하다. 합격했구나. 축하해."

"오오, 대단하네, 대단해. 축하한다."

다나카와 다나카의 엄마가 순박하게 손뼉을 쳤다. 왠지 면목이 없었다.

"그래도 별로 대단한 것도 아니라서."

"에이, 시험을 쳐서 합격한 거잖아, 역시 대단해. 그렇지, 엄마?"

"그럼, 그럼. 대단하지. 도시락을 들고 학원에 가서 밤늦게까지 열심히 했잖아. 훌륭해라."

비꼬는 기색도 없이 두 사람은 진심으로 그렇게 생각하는 모양이다.

둘 다 중학교 입시의 실태를 모른다. 왠지 둘을 속인 것 같다.

"아니, 진짜로 축하를 받을 학교가 아니라서."

면접만 보고 들어갔다는 말은 도저히 못 하겠다.

"그래도 합격은 합격이야. 시험이 있었잖아. 그렇지, 엄마?"

"그럼, 엄마는 붙고 말고를 떠나서 애초에 입학 시험이란 걸 본 적이 없으니까."

"아하하하, 그게 뭐야."

다나카 모녀가 웃었다.

어? 어라? 지금까지 단 한 번도 입시를 치른 적이 없다고? 그 말은, 설마 고등학교도 안 나왔다는 건가? 그런 어른이 있었구나.

설령 그렇다 하더라도 다나카의 엄마는 열심히 일해서 이렇게 다나카를 키우고 있다. 우리 엄마는 고등학교는 당연하고 대학교도 좋은 곳을 나오지 못하면 인생이 끝장이라고 했는데, 꼭 그렇지도 않은가 보다.

"그럼 어디로 다녀? 집에서 멀어?"

"으, 응. 사실은 야마나시현이야."

"야마나시?"

둘이 동시에 외쳤다.

"응, 전교생 기숙사 제도여서, 자연에 둘러싸인 학교인데 나한테는 그런 곳이 잘 어울린다고 부모님이 권해서."

"와아, 대단하다. 진짜 멋있어."

"그러게, 그 나이에 부모님 곁을 떠나서 생활하다니 정말 훌륭한데? 야무지구나."

다나카의 엄마가 정말로 감탄했는지 고개까지 설레설레 저었다.

"야마나시면, 어라, 거기 유명한 테마파크 있지?"

"아아, 후지야마랜드."

다나카가 눈을 반짝이며 물었다.

"응, 거기랑 가까워?"

"아니, 잘 모르겠는데. 아마 가깝진 않을 거야."

"하지만 야마나시는 야마나시니까. 쉬는 날에 놀러 갈 수도 있지? 부럽다."

까맣게 잊었던 드리밍랜드가 떠올랐다. 합격하면 다나카랑 드리밍랜드를 간다니, 어리석은 꿈을 꿨다. 허무함이 몰려왔다.

"거기 진짜 무서운 롤러코스터가 있다지? 좋겠다, 나도 타보고 싶어. 그지, 엄마?"

"아아, 야마나시면 호토〔칼국수와 비슷한 야마나시의 명물 향토음식—옮긴이〕가 유명하지. 호토 먹고 싶다. 야마나시에 대해 잘 알게 되면 안내해주렴."

"그럼 오늘은 미카미 신야의 합격 축하 파티네."

"그리고 야마나시로 가는 앞날을 축하하며. 맞아, 전에 집주인 아줌마한테 받은 레드와인이 있어. 엄마는 와인 마실래. 우연도 다 있네, 아줌마가 저번에 야마나시 후지고 호수 버스 투어에 갔다가 사 온 선물이야. 너희는 냉장고에 오렌지 주스 있을 거다. 전에 동네 하수구 청소하던 날에 반상회에서 나눠 준 거. 간직해뒀지."

다나카가 잔과 오렌지 주스, 레드와인을 쟁반에 담아 돌아왔다. 다나카의 엄마는 와인 잔이 아니라 애니메이션 캐릭터가 그려진 컵에 와인을 따랐다.

"중학교 합격 축하해, 미카미!"

다나카가 잔을 들었다.

"건배!"

셋이서 잔을 부딪쳤다. 그러고 보니 가족 중에 누구 하나 축하한다는 말을 해주지 않은 것을 지금에서야 깨달았다. 엄마야 내가 그런 곳에 가는 게 하나도 경사스럽지 않겠지만.

"미카미, 좋아하는 초밥 먹어도 돼. 너를 축하하는 자리니까."

둥근 플라스틱 용기에는 오 인분은 족히 될 초밥이 담겨 있었다.

"너는 무슨 초밥 좋아해?"

"나는 초밥이라면 다 좋아. 내가 제일 좋아하는 음식이거든."

"그렇구나. 그러면 나, 장래에 초밥 장인이 될까?"

내가 말해놓고 내가 놀랐다. 조금 대담한 발언이었다. 와인을 마시지도 않았는데 얼굴이 빨개지고 머리가 어지러웠다.

"어?"

다나카의 엄마가 눈을 크게 떴다. 역시 놀라겠지, 갑자기 이런 고백 비슷한 걸 하면.

"힘들 거야, 초밥 장인이 되는 거. 아주 혹독한 수업을 몇 년이나 받아야 한대. 미카미, 괜찮겠어?"

어, 아, 그거야? 그게 문제야? 하긴 그런가, 다나카는 초밥을 좋아한다고 했지 '초밥집(에서 일하는 사람)을 좋아한다'고 말한 건 아니니까.

다나카의 엄마가 손에 잔을 들고 아주 재미있다는 듯이 웃었다.

"그럼 초밥 가게를 개점한 날에 꼭 갈 테니까 오이 김밥쯤은 서비스로 줘야 한다?"

다나카의 엄마가 장난스럽게 말했다.

"아니요, 전부 다 서비스로 드릴게요."

내가 대답하자 다나카가 "와아!" 하고 양손을 번쩍 들었다. 다나카 모녀와 대화하다 보면 내 장래가 오로지 밝기만 할 것 같다.

"와아!"

다나카의 엄마도 흉내를 내서 양손을 들었다. 다나카가 "하지만 엄마한테 공짜로 서비스하면 죄다 먹어치워서 그날

로 가게가 망할 거야. 개점과 동시에 폐점하게 된다고"라고
해서 셋이서 까르르 웃었다.

다나카의 엄마는 정말 잘 먹었다. 체형을 신경 쓰며 온갖
다이어트를 다 하는 우리 엄마보다도 훨씬 말랐는데도. 지금
도 점보 만두와 닭튀김을 한 입씩 번갈아 먹고 있다.

"엄마, 대단하다."

다나카가 감탄했다.

"오오. 개미처럼 일하고 개처럼 먹으라잖니."

다나카의 엄마가 명언을 재치 있게 활용했다. '개처럼'이
라고 자기 입으로 말하다니. 나와 다나카는 얼굴을 마주 보고
웃었다.

된장국도 멸치국물이 잘 우러나 감칠맛이 났다. 초밥과 같
이 먹으니 맛있었다.

"맛있니?"

다나카의 엄마가 물었다.

"아, 네. 맛있어요."

"그래, 다행이다."

다나카의 엄마가 나를 지그시 쳐다보았다.

"다리 위에서 뭐 하고 있었니?"

심장이 쿵 울렸다.

"그게 잠깐 강을 보느라."

"날이 저물었는데? 그 강에는 아무것도 없어. 물고기도 없고. 그냥 지저분한 강이야."

"아, 그게."

시선을 피했다.

"배고팠지?"

"네?"

"다리 위에 있을 때."

"아, 네."

"슬플 때는 배가 고프면 더 슬퍼져. 괴로워지지. 그럴 때는 밥을 먹어. 혹시 죽어버리고 싶을 만큼 슬픈 일이 생기면 일단 밥을 먹으럼. 한 끼를 먹었으면 그 한 끼만큼 살아. 또 배가 고파지면 또 한 끼를 먹고 그 한 끼만큼 사는 거야. 그렇게 어떻게든 견디면서 삶을 이어가는 거야."

다나카의 엄마가 깊은 눈동자로 나를 차분하게 바라보았다.

"우리가 먹은 음식을 준 사람에게 감사해야 한다. 생명을 이어주고 살게 해주는 사람이야. 음식을 만들어준 사람이나, 먹을 것을 살 돈을 벌어온 사람이나."

아빠와 엄마 얼굴이 떠올랐다. 엄마가 만드는 크림 스튜는 내가 제일 좋아하는 음식이다. 학원에 갈 때도 매일 도시락을 싸줬다. 아빠도 밤늦게까지 일한다.

"그럼 오늘은 일단 게키야스당의 반찬 담당하시는 분한테 감사해야지."

다나카가 똑 부러지게 말하자,

"그리고 반값 스티커를 붙여준 사람한테도."

다나카의 엄마가 맞장구를 쳐서 셋이 또 한바탕 웃었다.

집에 돌아오자 엄마가 맞아주었다. 아무것도 묻지 않았다. 그저 "다나카네 어머님께 나중에 꼭 감사 표시라도 해야겠구나"라고만 했다.

다음 날 저녁, 형이 자기 방으로 불렀다. 누나도 있었다.

"이거 나랑 미후유가 주는 입학 선물."

예쁘게 포장된 상자였다.

"뭐야? 열어봐도 돼?"

형이 "당연하지"라고 해서 포장을 뜯었더니 중학생용 전자사전이 들어 있었다.

"곧 쓰게 될 테니까. 학교에 가지고 가."

형이 말하고 누나가 고개를 끄덕였다.

"설마 이렇게 될 줄은 몰랐는데. 신야, 진짜 괜찮겠어? 정말 이래도 괜찮아?"

"응, 나는 괜찮아."

"뭐, 엄마는 일단 말을 꺼냈다 하면 안 굽히는 사람이라."

"아빠도 뭐라고 못 한다니까. 저렇게 되면 남의 말에 전혀 귀를 기울이지 않아. 엄마는 우리 집의 절대군주니까."

누나가 엄마를 비판하다니 드문 일이다.

"지금이라도 늦지 않았어. 네가 정말로 싫으면 형이 엄마한테 말해줄게. 설령 싸우는 일이 있더라도."

"나도 도울게. 아직 신야는 이렇게 어린데 기숙사에 보내다니 너무해."

누나가 눈물을 글썽였다. 그 모습을 보자 가슴에 얹힌 슬픔의 공 같은 것이 솟구쳐 목을 지나 입 밖까지 나오는 바람에 나도 소리를 내 울고 말았다. 형 역시 울고 있었다. 나는 형이 우는 모습을 처음 보았다.

"혀, 형도 울 때가, 있네."

흐느끼면서도 말했다.

"그야 있지. 나도 자주 울어. 남들이 안 보는 곳에서. 누구든 슬플 때나 괴로울 때는 울어. 안 우는 사람은 없어. 울고 싶을 때는 울어도 돼. '보이즈 돈 크라이'가 아니라 '소년이여 크게 울어라'야. 노 보이 노 크라이, 세상에 울지 않는 소년은 없어."

형이 나보다 더 크게 울었다. 이것으로 이제 만족했다.

"괜찮아. 나는 각오했으니까."

셋의 울음이 그칠 때쯤 나는 간신히 말했다.

"그래도 싫으면 언제든 돌아와도 돼. 여기가 신야, 네 집이니까. 그때야말로 형이 지켜줄게. 엄마가 무슨 말을 하더라도 반드시."

형의 말에 또 눈물이 나왔다. 누나가 손수건으로 얼굴을 닦아주었다. 우리 집의 섬유 유연제 냄새가 났다.

졸업식 날은 화창해서 기분이 좋았다. 예행연습을 하도 많이 해서 본식 때는 질릴 줄 알았는데 역시 당일은 달랐다. 이런 걸 두고 몸이 긴장한다고 하는 걸까.

엄마는 처음엔 참석하기 싫어했지만 "안 가면 안 갔다고 뒤에서 또 무슨 소리를 듣는 건 싫으니까"라며 와줬다. 같은 학원에 다닌 아이들의 보호자와 만나기 싫었으리라. 아니나 다를까, 졸업식장에 들어가자 미즈타니나 구리야마를 비롯한 같은 학원에 다닌 학생들의 엄마들이 몰려와서 질문 공세를 퍼부었다.

"네, 애가 꼭 그 학교가 좋다고 하더라고요. 저래 보여도 독립심이 강한지 본인이 강력하게 희망했어요. 역시 본인이

가고 싶다는 곳이 제일 좋겠다 싶어서요. 원래 자연을 좋아하는 애여서. 네, 어려서부터 그랬어요. 그런 환경을 동경했나 봐요. 물론 걱정을 하자면 끝이 없고 쓸쓸하겠지만 씩씩하니까, 남편도 늠름해져서 올 거라고 하네요."

미소를 지으며 평소보다 높은 톤으로 둘러댔는데 왠지 안쓰러웠다. 다른 엄마들도 우리 엄마의 이야기를 진지하게 고개를 끄덕이며 들었으나, 입가에는 바보 취급하는 미소가 걸려 있었다.

다 내 탓이라고 생각하니 또 가슴이 아파와 자리를 슬쩍 뜨려고 했는데, 다나카 모녀가 들어왔다.

"어? 어디 가? 곧 시작할 거야."

다나카는 하얀 블라우스에 까만 카디건, 심플한 까만 치마를 입고 있었다. 아이돌 의상처럼 프릴 달린 화려한 체크무늬 치마나 장식이 달린 재킷을 입은 여자애들이 많아 오히려 눈에 띄었다. 다나카가 아주 어른스러워 보였다.

다나카의 엄마는 까만 원피스를 입고 가슴에 하늘색 코르사주를 달고 있었다.

"이거 봐라? 이거 엄마가 신문지로 만들었어."

다나카가 하늘색 코르사주를 가리켰다.

"어? 신문지로?"

"응, 컬러 인쇄된 면으로. 풀로 주름진 것처럼 가공했어. 대단하지?"

"응, 대단하다."

신문지라고 들었어도 전혀 그렇게 보이지 않았다. 양귀비처럼 얇은 꽃잎을 몇 겹이나 겹친 것처럼 완성도가 높았다. 역시 다나카의 엄마는 대단한 분이다.

"그래도 잘 보면 한자 같은 게 보이는데, 또 일본풍처럼 보여서 꼭 야마모토 간사이〔패션 디자이너. 동서양이 조화를 이룬 대담한 모티프와 화려한 색감으로 유명하다—옮긴이〕 같지 않니?"

나는 야마모토 간사이라는 사람을 모르지만 다나카가 하는 말이니까 분명 그럴 것이다.

"이게 없으면 새까만 모녀여서 장례식장 같아지니까."

다나카의 엄마가 불길한 소리를 하고서 웃었다.

다나카 모녀 덕분에 기분이 나아진 나는 차분하게 졸업식에 임했다. 기도 선생님은 식이 시작하기 전부터 울어서 졸업장 수여식 때는 아이들의 이름도 간신히 읽었다. 우느라 정신없는 모습이 특이한 요괴 같아서 징그러움이 몇 배나 느는 바람에 울 준비를 했던 여자애들이 기분 나빠 했다. 마지막까지 기도 선생님은 기도 선생님이었다.

식이 끝나자 우리 엄마가 다나카의 엄마에게 뭔가 봉투

같은 것을 건넸다. 전에 말한 감사 표시일 것이다. 아마 상품 권이겠지. 다나카의 엄마는 어쩔 줄 모르며 몇 번이나 마른 몸을 굽혀 인사했다. 저 코르사주를 신문지로 만들었다고 알려주면 엄마는 깜짝 놀랄 것이다.

이후 다 같이 운동장에서 사진을 찍었다. 다른 반 아이들은 선생님을 둘러싸고 사진을 찍느라 바빴는데 우리 반은 기도 선생님에게 말을 거는 학생이 아무도 없었다. 그런데 다나카가 다가가서 같이 사진을 찍었다. 다른 여자애들은 "으악, 진짜? 말도 안 돼" 하고 입을 모아 수군거렸다. 다나카와 나란히 선 기도 선생님이 또 울어서 다나카의 엄마가 붙잡아주었다.

다나카가 나와도 같이 사진을 찍자고 했다. "하나, 기도 다음에는 에로신이야? 요괴 수집가라도 돼?" 미즈타니가 이런 얄미운 소리를 했으나 상관없었다. 나란히 섰는데 내 키가 다나카의 어깨 정도여서 발꿈치를 살짝 들었다. 봉오리가 맺힌 벚나무 앞에서 다나카의 엄마가 사진을 찍어주었다.

"사진 나오면 줄게."

다나카의 말에 "아, 하지만 나 27일에는 여길 떠나. 입학식 전에 기숙사 입사식이 있거든" 하고 허둥지둥 대답했다.

"27일? 응, 알았어. 그때까지는 될 거야. 2층에 사는 집주인 아들, 겐토라고 하는데 그 사람한테서 디지털카메라를 빌렸거든. 프린터도 있으니까 해줄 거야. 맨날 한가한 사람이니까 금방 해주겠지."

야마나시에 가는 날이 왔다. 짐은 먼저 차로 옮겼다. 평일이지만 아빠가 일을 쉬고 운전해주겠다고 했다. 형과 누나도 가고 싶어 했지만 각자 춘계 강습회나 영어 캠프가 겹쳐서 아쉬워했다.

"깜박한 건 없지?"

아빠가 트렁크를 닫으며 물었다.

"네, 아마 괜찮을 거야."

차에 타려는데,

"아, 다행이다. 아직 안 갔어."

뒤에서 목소리가 들렸다. 자전거에 탄 다나카와 다나카의 엄마였다. 우리 아빠를 보고 둘은 꾸벅 인사를 했다. 자전거를 세우고,

"사진이 드디어 나왔어. 어휴, 겐토의 프린터가 오랫동안 안 써서 상태가 안 좋더라고. 수리하느라고 늦어졌어."

연녹색 봉투를 내게 건넸다.

"아, 그리고 이것도."

이번에는 종이봉투였다.

"밸런타인데이 때 쉬었잖아? 그러니까 초콜릿."

밸런타인데이? 아아, 지난 달 14일에는 면접을 보러 갔었다.

"받아도 돼?"

"응. 어제 엄마랑 만들었어."

"반값이 아닌 초콜릿으로 제대로 만들었어. 맛이 두 배일 거야."

다나카의 엄마다운 이론이었다.

우리 엄마가 나와서 다나카의 엄마와 "고맙습니다", "아니에요, 저야말로 저번에는" 하고 대화를 나눴다. 나도 다나카에게 하고 싶은 말이 있었으나 말이 나오지 않았다.

"날이 좋아서 다행이다"라고 하는 다나카에게 "응" 하고 대답하는 것이 고작이었다.

"슬슬 출발할 시간이어서 실례할게요. 정말 고맙습니다."

우리 엄마가 인사를 하고 차에 타라고 나를 재촉했다.

"그럼 갈게."

"응, 건강해. 열심히 해."

차가 움직였다. 뒤를 보니 다나카 모녀가 손을 크게 흔들고 있었다. 보일지는 모르겠지만 나도 손을 흔들었다. 골목을 꺾어 둘의 모습이 보이지 않을 때까지.

안녕, 다나카.

차에서 봉투를 열어보니 사진이 두 장 나왔다. 졸업식이 끝나고 운동장에서 나란히 찍은 사진이다. 해를 바라보며 찍어서 둘 다 눈이 부신 표정이었다. 나는 울기 일보 직전처럼 보였다. 발꿈치를 든 노력이 무색하게 키 차이가 역력했다. 다음에 만날 때는 차이를 조금이라도 줄이고 싶다.

종이봉투를 보니 투명 비닐에 포장된 트러플 같은 둥근 초콜릿이 일곱 개 들어 있었다.

"먹어도 돼?"

옆에 앉은 엄마에게 묻자 "그래" 하고 조용히 웃었다. 평소에는 차에서 뭘 먹는다고 하면 절대 안 된다고 했는데. 손으로 집어 먹는 것도 항균 물티슈로 닦은 뒤에야 허락했는데 오늘은 그냥 집어서 입에 넣어도 잔소리가 없다.

초콜릿은 달고 맛있었다.

도심을 빠져나와 고속도로를 탔다. 창밖으로 풍경이 흘러갔다. 이윽고 멀리 보였던 산등성이가 다가왔다. 산의 나무 한 그루, 한 그루에 흔들리는 가지가 보일 정도로 바로 옆길을 달렸다.

정말 가는구나, 야마나시로.

각오는 했다지만 실감이 나서 가슴이 멨다. 돌아가는 이 차에 나는 없다. 뭐지, 이 기분은. 뭐랑 좀 비슷한데. 그래, 그 노래에 나오는 송아지다. 제목이 「도나도나〔도살장으로 끌려가는 송아지에 유대인의 비참한 처지를 비유한 노래—옮긴이〕」였던가? 음악 시간에 배웠던 슬픈 선율. 팔려가는 송아지의 노래. 나도 모르게 멜로디를 흥얼거렸다. 엄마의 몸이 움찔 떨렸다. 두려움이 잔뜩 서린 눈동자로 나를 보았다. 완전히 겁에 질린 표정이었다.

왜 그래, 엄마? 그런 이상한 표정을 하고.

이렇게 말하는 대신에 노래를 그만두고 창밖 풍경에 푹 빠진 척했다.

이윽고 고속도로에서 빠져나와 포도밭이 펼쳐진 관광지와 시가지를 지나 다시 산으로 달리기 시작했다. 야산으로 헤집고 들어가는 것 같다. 정말 이런 곳에 학교가 있을까 걱정하는데, '성 프란체스코 학원'이라는 입간판과 방향을 알려주는 화살표가 보였다. 곧 자작나무 숲속에 서양풍의 하얀 건물이 보였다. 유럽식 철문 앞에 아빠가 차를 세우고 인터폰에 대고 이름을 밝히자 문이 천천히 열렸다.

주차장에 차를 세우고 짐을 내렸다. 안은 상상했던 것보다도 훨씬 넓었다. 잘 관리된 정원 여기저기 조각상이 있었

다. 마리아와 성인일까? 학교 전체가 차분한 분위기였고 인기
척은 없었다. 중앙에 교회 같은 건물이 있었는데, 가까이에서
보니 지붕 위의 십자가가 아주 컸다.

"어서 오세요, 미카미 씨. 잘 오셨습니다."

뒤를 돌아보니 신부님과 면접 때 만난 마쓰모토 선생님이
었다.

"멀리 오시느라 힘드셨지요."

신부님이 말했다. 백발에 안경을 썼으며, 할아버지라고 불
릴 만한 연령이었다. 진짜 신부님을 이렇게 가까이에서 본 건
처음이었다.

곧바로 기숙사 방으로 안내되었다. 평범한 아파트처럼 깨
끗한 건물이었다. 방은 다섯 평쯤 됐고, 이층 침대가 두 개,
안쪽에 책상과 사물함이 네 개씩 있었다. 지시에 따라 내 물
건을 놓았다.

"다른 학생들은 아직 안 왔나요?"

아빠가 마쓰모토 선생님에게 물었다.

"상급생은 아직 봄방학이 끝나지 않아서 귀성 중입니다.
신입생은 오늘 오는 팀과 내일 올 팀이 있습니다. 오늘 오는
신입생 가족 중에는 미카미 씨가 제일 일찍 오셨어요. 조금
있으면 다른 분들도 오실 겁니다."

마쓰모토 선생님과 신부님이 학교 시설을 안내해준 후, 부모님이 사무적인 절차를 마치자 "그럼 소중한 아드님을 잘 돌보겠습니다. 신의 가호가 있기를" 하고 신부님이 말했다. 예상보다 빨리 이별의 순간이 다가왔다. 나는 주차장까지 둘을 배웅했다.

"그럼 아빠랑 엄마는 이제 갈게. 건강하게 열심히 하는 거다?"

"네."

엄마는 내가 차에서 「도나도나」의 멜로디를 흥얼거린 후부터 단 한 번도 나와 시선을 맞추지 않았다. 지금도 시선을 아래로 내리깔고 있다.

"미, 미안해, 신야. 정말 미안해. 엄마를 용서해주렴."

간신히 짜내듯이 말하고 고개를 푹 숙였다.

"하지 마, 엄마. 왜 사과해요? 용서라니 뭐를요?"

그래도 엄마는 고개를 들지 못하더니 곧 무너지듯이 주저앉았다.

"엄마도 힘들어. 아빠도 쓸쓸할 거야. 형도, 누나도."

아빠가 엄마의 팔을 잡고 받쳐주며 일으켰다.

"나는 괜찮아요. 아빠, 엄마."

드디어 엄마가 고개를 들고 나를 보았다. 눈물로 뺨이 젖었다.

용서하거나 용서하지 않거나, 그런 게 어디 있어. 엄마는 앞으로도 내 엄마인걸. 그러니까 이제 울지 말아요.

그렇게 생각했지만 굳이 말하지 않고 그저 엄마의 눈동자를 바라보았다.

숲속으로 빨려들어 가는 것처럼, 아빠와 엄마가 탄 차는 곧 보이지 않았다.

발걸음을 돌리자 부드럽게 미소를 지은 신부님이 서 있었다.

"성당 안에 들어가보지 않겠니? 아까는 밖에서만 봤으니까."

나는 고개를 끄덕이고 신부님의 뒤를 따라갔다.

"여기가 성당이란다. 아침 예배와 미사가 이루어지는 곳이지."

중앙에 그리스도상이 있고, 제단은 꽃에 뒤덮였으며 스테인드글라스 창에서 빛이 쏟아졌다. 외국 영화에서나 보던 광경이었다. 이끌리듯이 걸음을 옮겨 그리스도상 앞에 무릎을 꿇었다. 지금까지 종교와는 아무 관계도 없는 삶을 살아왔는데 자연스럽게 손을 깍지 끼고 기도했다.

와, 여기는 정말 조용하구나. 두 달 전만 해도 내가 이런 곳에 있을 줄은 꿈에도 상상하지 못했다. 다나카, 네가 전에 말했던 후지야마랜드는 여기에서 먼 것 같아. 그래도 언젠가 갈 수 있으면 좋겠다. 도쿄에는 벌써 벚꽃이 피기 시작했는데 여기는 아직이야. 기온도 조금 낮은 것 같아. 그쪽도 이제 곧 입학식이지? 다나카의 중학교에서는 블레이저 교복을 입는댔지. 다나카는 키가 크니까 분명히 잘 어울릴 거야.

아빠, 엄마, 형, 누나. 잘 지내. 나도 열심히 할게. 강해질 테니까. 가끔은 우는 일도 있겠지만.

형은 울지 않는 사람은 없으니까 울고 싶으면 울면 된다고 했지. 그래도 나는 이렇게 생각해. 아빠, 엄마, 형, 누나, 다나카, 다나카의 엄마가 슬퍼서 우는 날이 조금이라도 줄어들었으면 좋겠다고. 그러기를 바라. 그만큼 내가 대신 울게. 나는 우는 거에 익숙하니까.

나는 얼마든지 울어도 괜찮아.

아아, 뻐꾸기 우는 소리가 들린다. 다나카, 진짜 뻐꾸기가 우는 소리를 들어본 적 있니? 소리가 정말 좋다. 숲 저 편에서 울리는 것 같아.

그래, 조금 지나면 다나카에게 편지를 써야지. 나는 글자도 잘 못 쓰고 문장 실력도 형편없지만 그래도 마음을 담아 길게, 다정한 편지를 써야지.

그때까지 잠시만 안녕, 다나카.

가난은 선택의 폭을 좁힌다. 유기농 식품이 건강과 환경에 좋은 것을 알아도 지갑 사정을 생각하면 선뜻 사지 못하고, 사회적 물의를 일으킨 기업의 제품을 불매하고 싶어도 타사 제품보다 몇백 원 저렴하다면 통장 잔액을 떠올리며 고민한다. 어떤 선택을 할 때, 항상 개인의 취향이 아니라 돈이 허락하는 쪽을 선택해야 한다면 자연히 의기소침해지고 패배감을 느낄 것이다. 최소한 나는 그랬다.

여기 가난하지만 좌절하지 않고 열심히 사는 젊은 엄마와 어린 딸이 있다. 엄마는 공사 현장에서 남자들과 섞여 구슬땀을 흘리며 일하지만 풍족하지 못해 저렴한 물건을 파는 슈퍼마켓에서도 반값 스티커가 붙은 식료품을 사고, 딸은 친구들과 놀이공원에 가고 싶어서 자판기의 거스름돈을 모으다가 불량한 아이들에게 맞을 뻔한 위기에 처한다. 그래도 이 모녀는 침울해하거나 자책하지 않는다. 가끔은, 어쩌면 자주 그럴 때도 있겠지만 맛있는 것을 먹으면 행복하게 웃는다. 이 씩씩한 모녀의 이야기 『다시 태어나도 엄마 딸』을 번역하는 내내 나도 모르게 '아아, 오래오래 행복해라, 하나미 가족!' 하고 속으로 응원을 보냈다.

작가에 대한 이야기를 해보자. 일본에서는 이 작가, 스즈키 루리카의 이름 앞에 '천재 소설가'라는 수식어를 붙인다. 2003년에 태어나 2019년 현재 만 열다섯 살이고 일본의 출판사 쇼가쿠칸에서 개최하는 '12세 문학상' 대상을 사상 최초로 초등학교 4학년, 5학년, 6학년 때 3년 연속 수상했고 만 열네 살에 이 작품으로 작가 데뷔를 했다. 이런 이력을 들으면 천재라는 단어를 쓰고도 남는다는 생각이 든다. 인터넷에서 사진을 찾으면 교복을 입고 웃고 있는 작가를 볼 수 있는데 참 풋풋하고 싱그럽다. 문학상에 도전한 동기는 상금을 받아 좋아하는 만화 잡지를 사고 싶어서라고 하니 귀엽다. 십 대의 시선으로 보는 십 대의 세상도 설득력이 있고, 주인공 하나미를 창조한 것에는 감탄이 나온다. 하나미는 아빠가 범죄자일지도 모른다고 짐작해 경찰서 앞의 수배범 사진을 살피고, 엄마의 장래를 위해서 아동보호 시설에 들어갈 방법이 없는지 고민한다. 너무 일찍 철이 들어 어른스러우면서도 그 나이의 천진함도 엿보여서 기특하고 안타까운 꼬마 아가씨다. 옆에 있다면 머리를 쓰다듬고 게키야스당이든 패밀리레스토랑이든 데려가 먹고 싶은 것, 갖고 싶은 것을 다 사주고 싶다. 아는 사이도 아닌 내가 그렇게 한다면 수상하고 위험한 아줌마가 되겠지만 말이다.

내가 조금 더 어렸다면 하나미의 심정에 공감했을 것이다. 하나미 정도의 자식이 있어도 이상할 것 없는 나이가 되어 이 이야기를 만났기 때문일까? 하나미도 하나미지만 엄마에게 유독 마음이 갔다. 하나미의 이름은 꽃 화(花)와 열매 실(實)을 쓴다. '죽은 후에 꽃이 피고 열매가 맺히겠는가'라는 말에서 따와 엄마가 직접 지은 것이다. 친숙한 우리나라 속담으로 바꾸면 '개똥밭에 굴러도 이승이 좋다'이다. 자식 이름을 죽음과 관련한 말에서 따왔다고 공공연하게 알리기는 그랬는지, 명과 실을 겸비한 인생을 살라는 뜻으로 꽃도 열매도 있다는 말에서 따온 것이 공식 설정이라지만 이 이름에는 엄마의 인생관과 딸을 사랑하는 마음이 가득 담겼다. 하나미 엄마가 어떤 인생을 살았고 어떤 역경과 고난을 거쳐 지금에 이르렀는지는 하나미의 시선에서 진행되는 이야기에서는 정확하게 알 수 없다. 그저 곳곳에서 보이는 조각들을 긁어모아 짐작만 할 뿐이다. 어린 하나미를 지키며 이 세상에서 고군분투하며 살아왔고 앞으로도 살아갈 이 사람은 정말 강하다. '여자는 약하지만 엄마는 강하다' 같은 표현이 아니라, 이 세상을 자기 힘으로 버티고 살아가는 사람으로서 강하다. 이 세상에 살아 있음을 중요하게 여기는 이 사람의 가치관은 마지막 「안녕, 다나카」에서 있는 그대로 표현된다. 우수한 가족들 틈에 부대껴 숨죽여 살아가는 소심한 소년 미카미 신야가 모든 것을 끝내고 싶은 마음에 강으로 뛰어내리려고 했을 때, 하나미 모녀가 영웅처럼 나타나 소년을 구해주고 슈퍼마켓에서 반값으로 사온 일식, 양식, 중식에 디저트까지 마련한 저녁을 먹여준다. 그리고 엄마는 이렇게 말한다.

"슬플 때는 배가 고프면 더 슬퍼져. 괴로워지지. 그럴 때는 밥을 먹어. 혹시 죽어버리고 싶을 만큼 슬픈 일이 생기면 일단 밥을 먹으렴. 한 끼를 먹었으면 그 한 끼만큼 살아. 또 배가 고파지면 또 한 끼를 먹고 그 한 끼만큼 사는 거야. 그렇게 어떻게든 견디면서 삶을 이어가는 거야."

이 가치관이 옳은지 그른지 판단하는 것은 각자 다를 것이다. 내게는 본받고 싶은 마음가짐이다. 그래서 이 모녀를, 또 가족과 떨어져서 홀로서기를 시작한 신야를 응원하고 싶었다.

그나저나 나는 열네 살 때 뭘 했을까. 전혀 기억도 나지 않는 과거를 조금 반성하면서, 앞으로 소설도 쓰고 만화도 그리고 시나리오에도 도전하고 싶다고 포부를 밝힌 스즈키 루리카가 보여줄 이야기들을 기다린다.

이소담

옮긴이 이소담

대학 졸업반 시절에 취미로 일본어 공부를 시작했고, 다른 나라 언어를 우리말로 바꾸는 일에 매력을 느껴 번역을 시작했다. 읽는 사람이 행복해지고 기쁨을 느끼는 책을 우리말로 옮기는 것이 꿈이고 목표다. 지은 책으로 에세이집 『그깟 '덕질'이 우리를 살게 할 거야』가 있고, 옮긴 책으로 『양과 강철의 숲』『하루 100엔 보관가게』『변두리 화과자점 구리마루당』『그러니까, 이것이 사회학이군요』『당신의 마음을 정리해 드립니다』『오늘의 인생』 등이 있다.

다시 태어나도 엄마 딸

초판　1쇄 발행 2019년 5월 29일
5쇄 발행 2021년 5월 16일
개정판 1쇄 발행 2022년 6월 23일
5쇄 발행 2024년 5월 13일

지은이 스즈키 루리카
옮긴이 이소담
펴낸이 김선식

부사장 김은영
콘텐츠사업본부장 임보윤
콘텐츠사업10팀장 김정택　**콘텐츠사업10팀** 이슬
마케팅본부장 권장규　**마케팅2팀** 이고은, 배한진, 양지환　**채널2팀** 권오권
미디어홍보본부장 정명찬　**브랜드관리팀** 안지혜, 오수미, 김은지, 이소영
뉴미디어팀 김민정, 이지은, 홍수경, 서가을, 문윤정, 이예주
크리에이티브팀 임유나, 박지수, 변승주, 김화정, 장세진, 박장미, 박주현
지식교양팀 이수인, 염아라, 석찬미, 김혜원, 백지은
편집관리팀 조세현, 김호주, 백설희　**저작권팀** 한승빈, 이슬, 윤제희
재무관리팀 하미선, 윤이경, 김재경, 이보람, 임혜정
인사총무팀 강미숙, 지석배, 김혜진, 황종원
제작관리팀 이소현, 김소영, 김진경, 최완규, 이지우, 박예찬
물류관리팀 김형기, 김선민, 주정훈, 김선진, 한유현, 전태연, 양문현, 이민운
외부스태프 디자인 studio forb 일러스트 반지수

펴낸곳 다산북스　**출판등록** 2005년 12월 23일 제313-2005-00277호
주소 경기도 파주시 회동길 490
전화 02-704-1724　**팩스** 02-703-2219　**이메일** dasanbooks@dasanbooks.com
홈페이지 www.dasan.group　**블로그** blog.naver.com/dasan_books
종이 신승지류유통　**출력·인쇄** 한영문화사　**후가공** 제이오엘엔피

ISBN 979-11-306-9057-5 (43830)

다산북스(DASANBOOKS)는 독자 여러분의 책에 관한 아이디어와 원고 투고를 기쁜 마음으로 기다리고 있습니다. 책 출간을 원하는 아이디어가 있으신 분은 이메일 dasanbooks@dasanbooks.com 또는 다산북스 홈페이지 '투고 원고'란으로 간단한 개요와 취지, 연락처 등을 보내 주세요. 머뭇거리지 말고 문을 두드리세요.